Karin Bröcker-Wagner

Die Ente auf der Wäscheleine

Kuriose Kurzgeschichten

Impressum

Bibliografische Information der Deutschen Nationalbibliothek:
Die Deutsche Nationalbibliothek verzeichnet diese Publikation in der
Deutschen Nationalbibliografie; detaillierte bibliografische Daten sind
im Internet über http://dnb.dnb.de abrufbar.

Herstellung und Verlag: BoD – Books on Demand, Norderstedt

ISBN: 9783756844456

Uropas lange Reise – nach seinem Tod

Es war in den 80er Jahren, wir feierten wieder eine gestandene Party bei Onkel Dieter. Plötzlich schaute jemand auf ein Ölgemälde und fragte: „Wat ist dat denn für ein unfreundlicher Kerl?"

Dieter schlug sich die Hände vor das Gesicht und rief: „Ach du Scheiße, den hab' ich total vergessen ... der ist noch im Keller!"

Die Aufregung war groß, könnt Ihr Euch ja vorstellen, eine Leiche im Keller?

Wir also alle runter in den Keller. Dort stand ein riesiges Regal mit Einmachgläsern, kaum zu erkennen durch die Spinnenweben. Dieter räumte beherzt die Gläser mit Aufschriften wie *„Pflaumen 1952", „Birnen 1950, aber noch gut"*, Omas versteckte HB-Zigaretten, einiges an Altöl (in Mineralwasserflaschen abgefüllt), kaputte Auspuffe und süß-sauer eingelegte Gurken beiseite.

Und da stand sie: Die Urne vom Uropa.

Die Enttäuschung war groß: Wie, nur eine Urne? Wir vermuteten doch einen richtigen Sarg!

Das war natürlich vollkommen uninteressant und somit verlagerte sich die Party wieder zurück ins Wohnzimmer.

Wie Onkel Dieter an die Asche kam, weiß ich nicht genau, aber er erzählte dazu selbst, dass der Uropa nach seinem Tod stets in ostpreußische Erde wollte, was jedoch nach der Flucht aus Ostpreußen leider nicht möglich war. Er wurde stattdessen in Hessen beerdigt und Dieter grub ihn anschließend, um ihm seinen letzten Wunsch irgendwann doch erfüllen zu können, aus. Soweit die Überlieferung. Dieter fuhr zwar später einige Male nach Polen, hatte dabei aber den Uropa stets vergessen.

Nach dieser Party fuhr er nachts auf den Friedhof und verbuddelte diese Urne im Grab seiner Eltern. Seine damalige Putzfrau unterstützte ihn dabei mit müden Äugelchen. Dort verbrachte der Uropa dann einige Jahre.

Irgendwann wurde das Grab der Großeltern jedoch aufgelöst. Dieter fuhr wieder nachts auf den Friedhof und versuchte den Uropa erneut auszubuddeln. Die genaue Stelle hatte er mittlerweile natürlich vergessen. Die Putzfrau war zwischenzeitlich verstorben und konnte dazu somit keine genaueren Angaben mehr machen. Beherzt stach er ein letztes Mal in das arme Grab und da knackte es! Er hatte mit heftigem Stich die Urne getroffen. Somit war die schon mal hinüber.

Dieter fuhr nach Hause und suchte nach einem geeigneten Ersatzgefäß. Er entdeckte eine wunderschöne alte Nürnberger Lebkuchendose aus Blech, die er sehr passend fand. Dort packte er die Überreste nebst Scherben hinein und schaufelte anschließend das Grab wieder ordentlich zu.

Einige Jahre später besuchte ich Onkel Dieter und er sagte: „Ich bau uns mal einen Kaffee, Tassen sind im Einbauschrank".

Ich öffnete den Schrank, die Tassen befanden sich verborgen hinter diversem Werkzeug und kaputten Uhren – und fand dabei besagte Blechdose. „Oh Dieter, wie schön, Du hast ja sogar Kekse zum Kaffee!"

Dieter schlug die Hände vors Gesicht: „Den habe ich total vergessen!" Aha.

Er nahm die Lebkuchendose und kramte daraus einen Goldzahn hervor. „Du machst doch jetzt Schmuck, da kannst du den bestimmt gut gebrauchen". Damals wurde eben noch nicht so gründlich verbrannt wie heute.

Dankbar und gleichzeitig etwas angewidert nahm ich Uropas Zahn mit. Es war übrigens eine sehr unappetitliche Angelegenheit, das Gold von dem Zahn zu trennen, aber es ziert nun meinen Ehering.

Wir tranken Kaffee ohne Kekse.

2013 starb Onkel Dieter.

Wir brauchten eine Todesbescheinigung. Aber die gibt es nur mit Geburtsurkunde. Ach so.

Ich suchte im ganzen Haus nach der Geburtsurkunde und stellte fest, dass Uropa zwischenzeitlich Karriere gemacht hatte und aufgestiegen war, denn er stand nun in seiner hübschen Verpackung im Wohnzimmerschrank unter dem Plattenspieler.

Ich schlug die Hände vors Gesicht.

Dann kam der Tag an dem wir Onkel Dieter schlussendlich in seiner eigenen Urne bestatten mussten. Das war die Gelegenheit für Uropa!

Wir haben einfach der Blechdose ein paar Knochen entnommen und sie in einem Briefumschlag verstaut. Diesen haben wir dann in einem unbeobachteten Moment unter Dieters Urne gepackt. Somit war wenigstens ein Teil von ihm wieder bestattet – sinnigerweise auf dem gleichen Friedhof, auf dem er schon zweimal ausgebuddelt worden war.

Ich trat Onkel Dieters Erbe an, inklusive der Nürnberger Lebkuchendose.

Da ich den Schrank an meinen Cousin abgab, zog Uropa zunächst in die alte Kirchenbank um, die im Wohnzimmer stand. Dort wohnte er in einem Fach, in dem früher die Gesangsbücher aufbewahrt wurden.

Mein Bruder wollte kurz darauf wiederum gerne die alte Kirchenbank für seine Küche haben, also gab ich sie ihm. Umgehend nahm er die Bank nebst Blechdose mit. So wohnte Uropa noch einige Zeit unentdeckt in der alten Kirchenbank in der Küche meines Bruders.

Eines Tages verkündete der Bruder mir, er führe beruflich nach Polen. Ich rief sofort aus: „Nimm den Uropa mit!"

„Ja, wo ist der überhaupt?"

„In der Kirchenbank in Deiner Küche!"

Und tatsächlich fuhr mein Bruder nach Polen und nahm den Uropa mit! Dort angekommen rief er mich an und fragte, in welchem Wald er ihn überhaupt vergraben solle. Ich antwortete, er wäre schon so oft beerdigt worden, dass das keine Rolle spielen würde, er solle ihn einfach ausstreuen. Möglichst in Quittainen, dem früheren Wohnort der Familie in Ostpreußen, jetzt Polen.

Mein Bruder fragte seine polnischen Kollegen, wo er denn diesen Ort finden würde, er würde gerne den Uropa bestatten.

Die glaubten ihm jedoch seine Geschichte nicht. Daher holte mein Bruder die Lebkuchendose aus dem Auto und stellte sie auf den Tisch. Alle saßen nun sehr andächtig vor der Dose mit Uropa darin. Zunächst wurde andächtig eine Kerze angezündet und anschließend abermals ordentlich sein Fell versoffen.

Am nächsten Tag fand mein Bruder den Wald, rief mich ein letztes Mal an, bevor er ihn ausschüttete. Aber er schüttete nicht alles aus – die kläglichen Reste in der Dose fuhren im weiteren Verlauf einige tausend Kilometer im Kofferraum mit, kreuz und quer durch Europa.

Geraume Zeit später:

Wir feierten eine Party und mein Bruder erzählte einer Freundin, wie er den Uropa nach Ostpreußen gebracht habe. Die glaubte das nicht. Also holte er zum Beweis die Blechdose aus dem Kofferraum und stellte sie auf meinen Esstisch. Ich schlug traditionell die Hände vors Gesicht.

Am nächsten Tag reiste mein Bruder wieder ab. Die Lebkuchendose stand selbstverständlich noch auf dem Esstisch.

Da die ganze Angelegenheit dann doch einmal ein Ende haben musste, streute ich die restliche Asche in meinen Garten im Ruhrgebiet und steckte die nunmehr endgültig leere Dose in den Gelben Sack. Und so endete die lange Reise des alten Herrn.

Onkel Dieters Geburtsurkunde haben wir nie gefunden, auf Bürokratie nahm er leider keine Rücksicht und starb trotzdem.

Unser Dorf in den 60ern

Früher gab es mehr Lametta – früher sah die Zukunft halt noch besser aus. Unser Dort hatte früher zwar nur wenige Einwohner, war jedoch deutlich lebendiger als heute.

Folgende Kneipen gab es zu der Zeit: Das Gasthaus Huschens mit Tanzsaal, das Gasthaus Eifel, das bis in die 90er noch mit ursprünglicher Möblierung glänzte, und die Kneipe vom Willi.

Der Willi war sehr klein und stand auf einem kleinen Podest, damit er überhaupt an die Theke reichte. Seine Frau Rosa hingegen war von stattlicher Größe und Figur. Kam es, wie so oft, zu einer Schlägerei in der Kneipe, floh Willi vom Podest und Rosa kam aus der Küche. Dann war schnell Ruhe.

Rosa besaß ein Mofa, von dem allerdings nicht viel zu sehen war, wenn sie mit ihren Taschen darauf saß. Sie fuhr oft mit dem qualmenden Ding den Berg hinauf. Meine Mutter sagte dann gerne: „Sollten wir mal ein Mofa kaufen, dann so eins, wie die Rosa es hat!"

Bei Gustel war hingegen die Kneipe sehr klein und als mal ein Bauer mit seinem Pferd den Gastraum betrat, bediente Gustel auf dem Gaul sitzend die Gäste.

Und dann gab es noch die Kneipe vom Pastor. Dort haben sich sonntags die Männer des Dorfes die Kante gegeben, die Frauen kümmerten sich zwischenzeitlich um den Sonntagsbraten.

Es gab im Dorf darüber hinaus eine Druckerei und eine Spinnerei, in der die Frauen Arbeit fanden.

Badezimmer gab es kaum, da wurde samstags die Blechwanne in die Küche gestellt und alle gingen nacheinander hinein. Neben jedem Haus stand ein Plumpsklo und das Klopapier wurde aus Zeitungen zurechtgeschnitten. Am schlimmsten war es übrigens, wenn der neue Otto- oder Neckermann-Katalog in die Haushalte kam, denn dann wurden die alten Kataloge zu Klopapier geschnitzt. Damit konnte man sich jedoch wirklich nicht gut abputzen.

Landwirtschaft wurde betrieben und dadurch gab es zahlreiche Metzger im Dorf. Milch holten wir Kinder am Abend mit der Blechkanne.

Es gab drei Geschäfte: Das größte war „Eifels Maria". Außerdem waren da noch „die Irma" und „das Käthchen". Käthchen verkaufte anscheinend nicht gerne, denn wenn man kam, wurde man direkt angebrüllt – jedenfalls wir Kinder.

Im Getränkehandel, den es auch vor Ort gab, konnten wir Kinder stets unsere Limo erschnorren, beim Schmied wurde mein späteres Pferd beschlagen.

Schule, Schreiner, Schneiderin (über die ich noch berichten werde), Dachdecker, Tankstelle und Baustoffhandel waren ebenfalls vorhanden.

Leo und Elschen betrieben die Post und eine Raiffeisenbank mit dicker, solider Tür gab es auch. Dort eröffnete Onkel Dieter mein erstes Sparbuch mit 5 Mark. Das besitze ich bis heute, ohne jegliche Kontobewegung.

Die kaputten Autos reparierte Kranze Georg, genannt Schorsch, aber Autos waren zu der Zeit eher selten anzutreffen. Der Bus fuhr damals wie heute zweimal am Tag.

Es gab noch kein Amtsblättchen, stattdessen gab es Lautsprecher an jedem dritten Haus. Abends quoll aus diesen im Sommer „Hohe Tannen" und im Winter der „Schneewalzer". Anschließend ertönte, ziemlich geschäftig, die Stimme des Bürgermeisters Egon. Er verkündete wichtige Meldungen, die meist gar nicht wichtig waren.

Kindergarten gab es nicht, man war der Ansicht, das wäre unnötig. Kinder halfen stattdessen in der Landwirtschaft und im Haushalt. Die Tochter der Druckereibesitzer, meine nach wie vor beste Freundin, durfte erst nach der ihr zugewiesenen Arbeit spielen. Daher half ich ihr gerne, damit sie schneller fertig wurde und verbrachte dadurch selbst viel Zeit in der Druckerei.

Gespielt haben wir meist draußen und abends waren wir k.o. Wir waren alle kerngesund, litten nicht an Allergien oder ähnlichem. Wahrscheinlich hatten wir alle genug Dreck gegessen.

Die Oma

Oma Wagner war die Tochter des mehrfach bestatteten Uropas. Sie wohnte im Haus nebenan, der arme Onkel Dieter in seinen besten Jahren hingegen unten im Keller. Seine diversen Freundinnen wurden stets von ihr vergrault.

Oma Wagner habe ich folgendermaßen in lebhafter Erinnerung: Sie saß stets auf dem grünen Sofa in ihrem großen Wohnzimmer. Zu beiden Seiten lagen diverse Dackel, an deren Namen ich mich bis heute erinnere.

Der Fernseher lief, damals noch in schwarz-weiß, und vor ihr stand der große, runde Wohnzimmertisch.

Darauf befand sich grundsätzlich die aktuelle Ausgabe der Hörzu, wahlweise das Kreuzworträtsel aufgeschlagen oder das Rätsel mit zwei fast identischen Bildern und der Aufforderung „Finde die 11 Fehler". Dazu gesellten sich Patience-Karten und eine Porzellandose, gefüllt mit HB-Zigaretten, die ich heute noch besitze – also die Dose. Daneben fanden sich prinzipiell der große Aschenbecher, das Tischfeuerzeug und ein riesiges Glas Rotwein.

Sie machte immer alles irgendwie gleichzeitig: Karten legen, Rätsel lösen, rauchen, trinken, Hunde tätscheln,

Fernsehen schauen und ANWEISUNGEN verteilen. Ich hatte riesigen Respekt vor ihr.

Viel später erfuhr ich, dass nur mein Bruder und ich sie „Oma" nennen durften, alle anderen Enkel mussten sie „Großmutter" nennen und Knicks bzw. Diener machen.

Einmal fuhr ich mit ihr in ihrem VW-Käfer, randvoll mit Dackeln, nach Wittlich. Das war aufregend, denn sie wollte mir eine neue Schürze kaufen.

Es gab damals genau eine Ampel in Wittlich, am alten Rathaus. Die war rot. Das störte die Oma ebenso wenig wie die Tatsache, dass mir von ihrem Kettenrauchen im Auto ganz schlecht wurde.

Ein Polizist bemerkte das Vergehen und wagte es, die Oma anzuhalten. Hätte er besser nicht getan.

Sie kurbelte das Fenster herunter und zog den Wachmann an den Ohren rein in das verqualmte Auto. Sie beschimpfte ihn fürchterlich, wie er es wagen könne usw., stellte zufrieden und lautstark fest, dass der Polizist ja noch ganz grün hinter den Ohren sei, und ließ ihn daher, gnädig und gütig wie sie war, laufen.

Das hinterließ schweren Eindruck bei mir. Ich bekam dann auch meine Schürze, obwohl ich viel lieber eine Hose gehabt hätte, aber nach dem Erlebnis habe ich mich nicht getraut, danach zu fragen.

Irgendwann wurde die Oma fürchterlich krank. Krebs.

Sie musste ins Krankenhaus und lag dort am Tropf, wie ihre Bettnachbarin auch. Natürlich rauchte sie im Bett – Kette, versteht sich ja von selbst.

Als Chefarzt Dr. Schneider (er war später mein Hauschirurg) zur Visite kam, sagte er: „Also das geht überhaupt nicht, Frau Wagner. Wenn Sie rauchen möchten, müssen Sie in das Raucherzimmer auf den Flur gehen!" Ja, Raucherzimmer im Krankenhaus gab es damals noch.

Die Oma stauchte ihn zusammen, so wie sie es immer bei allen gemacht hatte, aber Dr. Schneider ließ sich davon nicht beeindrucken. Onkel Dieter schneite in dem Moment kurz herein, Blümchen bringen, und wurde sofort mit einbezogen. Dr. Schneider blieb hart.

Meine Großmutter drückte ihre Zigarette energisch in dem Pudding aus, der als Nachtisch gedacht war, und erhob sich empört aus ihrem Bett. So eine Unverschämtheit! Sie griff den Infusionsständer und verließ wutentbrannt mit der neuen Zigarette in der Hand das Zimmer.

Unglücklicherweise griff sie sich aber dabei nicht ihren eigenen Infusionsständer, sondern den der Nachbarin. Damals wurden für Infusionen noch echte Nadeln und Glasflaschen verwendet und so richtete Oma ein wahres Blutbad an. Sie war schon fast an der Tür, als sie bemerkte, dass nunmehr die Infusionen beider Damen abgerissen waren. Onkel Dieter versuchte die Situation zu retten und die Infusionsflaschen der jeweiligen Patientin wieder zuzuordnen. Dr. Schneider brüllte, Dieter ließ alles erneut fallen.

Ja, und was machte meine Großmutter?

Sie legte sich ins Bett, steckte sich ihre Zigarette an und sagte: „Nun seht mal, was ihr da angerichtet habt!"

Oma, ihr roter Bademantel und die heiligen Kippen

Meine Oma trug entweder ein schickes Kostüm mit passender Bluse und passenden Schuhen oder einen dunkelroten Bademantel. Zuletzt sah ich sie eigentlich nur in diesem dunkelroten Bademantel.

Man sagt mir übrigens oft nach, ich hätte Ähnlichkeit mit ihr. Und tatsächlich rauche ich, trinke Wein und bin multitaskingfähig. Mein Durchhaltevermögen habe ich vermutlich ebenfalls von ihr geerbt. Darüber hinaus besitze ich, wie sie, einen Bademantel, witzigerweise in der gleichen Farbe. Meiner ist jedoch „neumodern" aus Microfaser, der Bademantel meiner Oma war aus solidem, traditionellem Frottee.

Der Bademantel diente auch noch lange nach dem Tod der Oma für diverse Zwecke. Am Ende wurde dann ein Hund darin beerdigt, erst damit war der dunkelrote Bademantel Geschichte.

Meine Großmutter war eine kleine, zierliche Person, besaß jedoch eine riesige Handschrift. So erhielt der Onkel Dieter eines Tages eine Postkarte, darauf stand: „Die Pflaumen sind reif!" Das war alles, denn das passte wegen der Größe ihrer Handschrift noch gerade so auf die Postkarte. Mehr mitzuteilen war darüber hinaus nicht nötig, denn Dieter wusste, er musste sich nun umgehend in den Zug setzen und nach Bergweiler fahren, um die Pflaumen zu ernten.

Einmal, erinnere ich mich, hat die Oma eine Schachtel Pralinen geöffnet und es fehlte eine darin. Sie schrieb daraufhin einen Brief an die Firma Sprengel. Zwei Sätze, verteilt über zwei Seiten. Natürlich an den Firmeninhaber.

Der war anscheinend sehr beeindruckt, entschuldigte sich vielmals, es sei wohl die Schuld einer Aushilfe gewesen, und schickte ihr ein riesiges Paket mit verschiedenen Pralinenschachteln. Meine Großmutter „nahm es zur Kenntnis".

Die Oma starb und Dieter übernahm ihr Haus. Etliche Jahre später begab sich Onkel Dieter auf den Speicher. Dieser Speicher war kein gewöhnlicher Speicher, sondern ein ganz eigenes Universum. Das ist er übrigens bis heute!

Er entdeckte dort eine ihm unbekannte Kiste und kramte sie hervor. Öffnete sie, fand darin ein großes Blatt Papier mit dem Text: „Was hast Du hier zu suchen?" Omas Handschrift. Mehr passte im Übrigen nicht auf das Blatt.

Dieter kramte dennoch darin weiter. Fand Geschirrtücher, feinstes Leinen. Darunter verborgen ein weiteres

Blatt Papier: „Bitte nicht weiter kramen, nur noch Herrenunterwäsche!" Natürlich passte diese doch etwas ausschweifendere Nachricht nicht auf eine einzelne Seite.

Dieter trank einen Schnaps und wagte sich erst anschließend wieder zurück auf den Speicher, um die Kiste schlussendlich leer zu räumen. Unter der Unterwäsche meines Opas fand er abermals eine Nachricht: „Nu sind's aber die Letzten", das passte fast wieder auf eine Seite.

Er fand darunter eine Schachtel HB, rauchte sie auf und trank den letzten Schnaps dazu. Ein schlechtes Gewissen hatte er aber schon dabei.

Die tapfere Schneiderin ...

... unseres Dorfes hieß Martha und hatte liebe Mühe mit meiner Familie, denn ständig musste wieder irgendein Kleidungsstück geflickt werden. Wenn meine Familie zu ihr kam, freute sie sich entweder oder aber sie schlug die Hände vor den Kopf, je nachdem wer konkret vor ihr stand.

Zum Beispiel hat sich Onkel Dieter Hemden und Hosen aufgerissen, wo auch immer er sich gerade befand. Mal war's der Zaun, mal der Baum, mal der Nagel oder aber die Klamotten waren schon so zerschlissen, dass sie den Geist komplett aufgaben.

Aber Onkel Dieter gab nicht auf. Manche Kleidungsstücke klebte er mit Pattex zusammen, andere hat er getackert. Endlich war so ein Bürogerät mal nützlich! Am Ende hatte er an einer Hose den Inhalt eines kompletten Tackers vertackert und war zwar eigentlich optisch ziemlich zufrieden mit dem Ergebnis, aber es pikte doch immens. In solchen Situationen, wenn dann aus seiner Sicht gar nichts mehr ging, dann fuhr er zur Martha, der Schneiderin.

Bei Dieters Anblick schlug sie **immer** die Hände vor die Augen. Es war üblicherweise eine äußerst mühselige Angelegenheit, Dieters Reparaturversuche auseinander zu nehmen und aus dem kläglichen Rest wieder etwas Brauchbares zu machen. Als er mit seiner getackerten Hose ankam, war aus dem Haus der Schneiderin folgendes zu hören: „Oh majusebetta, wat haste da denn fabriziert. Oh, nee Dieter. Aua. Ist nicht zu machen. Himmel hilf! Das hört ja gar nicht mehr auf. Nee, nee, nee. Wat en greilisch Orbet. Su eppes machen eich nit mie. Warum baste nit gleich kumen?!" *

Irgendwann war das Werk vollbracht, Dieter holte seine Hose ab und beide feierten das Werk.

Wenn die Oma Wagner kam, freute sich Martha hingegen. Zwar hat die Oma stets ihre gesamte Nähstube zugequalmt und ihre Dackel kläfften ohne Unterlass aus dem VW-Käfer, aber die Oma hatte immer feinsten Zwirn an und der musste eigentlich üblicherweise nur enger gemacht werden.

---

* Frei übersetzt:

Majusebetta
Maria-Josef-Hilf

Greilisch Orbet
grausame Arbeit

Su eppes machen eich nit mie
So was mach ich nie wieder

Warum baste nit gleich kumen?
Warum bist Du nicht
gleich zu mir gekommen.

Wenn mein Vater kam, ja das war dann immer so eine Sache. Die Klamotten, die mein Vater zu flicken hatte, waren fast genauso schlimm kaputt wie die von Onkel Dieter. Allerdings nicht getackert und nicht verklebt.

Der Schwiegervater der guten Martha war allseits bekannter Wilddieb, er wurde auch irgendwann erwischt.

Mein Vater hingegen war Forstdirektor und begann schon in den 70er Jahren mit der „neumodernen" Prävention. Er brachte der Martha immer ein Stück legal erlegtes Wild mit. Dafür wurde ihm die Flickarbeit nicht in Rechnung gestellt.

Somit gab es dann den Sonntagsbraten, über den sich allerdings am meisten der Schwiegervater freute. Die Schneiderin bereitete ihn zu, richtig fein, mit Rotweinsoße.

Marthas liebste Kundin aus unserer Familie war jedoch meine Mama. Von ihr erhielt sie Aufträge für einfache Änderungen, Mama bezahlte brav und wartete auch stets geduldig auf das Ergebnis.

Ja, die Schneiderin hat viel erlebt mit den Wagners.

Onkel Dieter und die Klassenarbeit

Hauptberuflich war Onkel Dieter Lehrer an der hiesigen Hauptschule. Er war sehr beliebt und die Kinder lernten bei ihm nicht für gute Zeugnisse, für ihre Zukunft oder für die Katz, sie lernten für Onkel Dieter, um ihn nicht zu enttäuschen.

Nachmittags kamen sie oft zu ihm nach Hause und frisierten die eigenen Mofas und Mopeds, Dieter half ihnen dabei.

Einmal erklärte er in der Schule einen Zweitaktmotor. Keiner hörte richtig hin, besonders die Mädchen nicht. Da fuhr Dieter mit seiner 750er Suzuki durch die Schule, die Treppe runter, in den Werkraum und erklärte alles am Objekt noch einmal ganz genau. Wenn Du heute die älteren „Mädchen" fragst, sie können Dir mit Sicherheit einen Zweitaktmotor erklären.

Aber am liebsten kümmerte sich der Onkel um seine Tiere, erfand allerlei Nützliches und tüftelte an Motoren und alten Uhren. „Wenn nur nicht immer die Schule dazwischenkäme!", war ein oft gehörter Satz.

Es war Hochsommer, kurz vor den großen Ferien. Dieter stapfte morgens aus dem Haus, in einer Hand die Mülltüte, denn die Abfuhr kam heute, in der anderen Hand trug er seinen Schulkram und die Klassenarbeiten. Er warf die Klassenarbeiten in den Müll, lud alles Weitere hingegen in sein Auto.

In der Schule angekommen begab er sich ins Lehrerzimmer, stellte die Mülltüte auf den Tisch und studierte die Stundenpläne des Tages.

Das Kollegium sah und roch den Müll, dachte sich jedoch nur: „Ja, der Dieter mit seinem speziellen Unterrichtsmaterial gibt bestimmt heute Bio und will den Schülern mal wieder etwas Anschauliches bieten." Keiner machte eine Bemerkung. Dieter zog seinen Stundenplan durch, die Mülltüte begleitete ihn, still und leise vor sich hin stinkend. Auch die Schüler der diversen Klassen, die mit ihm Unterricht hatten, sagten nichts dazu.

In der vierten Stunde ging Dieter in die nächste Unterrichtsstunde und verkündete, er habe die Klassenarbeiten dabei. Er griff in besagte Tüte und hatte damit einem einen ollen Kaffeefilter in den Fittichen.

Ungläubig schaute er drein, umgehend ratterte es im Oberstübchen, denn, ach du Scheiße, die Müllabfuhr war doch bereits unterwegs!

Er sprach den einzigen Jungen an, der halbwegs anständig aus der Wäsche guckte, und sagte: „Du passt jetzt hier auf! Bin gleich wieder da!"

Mit quietschenden Reifen und starken 70 Sachen bretterte er über die Straßen nach Bergweiler. Auf den letzten Metern überholte er den Müllwagen. Geschafft, die Klassenarbeiten waren noch da. Der Müllbeutel stand allerdings übrigens weiterhin leise stinkend in seiner Klasse.

Schnell fuhr er zurück zur Schule, da es auf dem Rückweg nun bergab ging bestimmt mit 90 Sachen. Die Hefte waren zwar etwas verdreckt, aber dennoch fein säuberlich mit roter Tinte korrigiert.

Der Grieche

Mein erstes Auto sollte gemäß der Familientradition ebenfalls ein VW-Käfer sein. Baujahr 1965 und hellgrün. Das entsprach zwar nicht gerade meiner Wunschfarbe, aber er sollte dafür nur 50,- DM kosten. So viel Geld besaß ich jedoch nicht, denn mein Taschengeld betrug gerade einmal 20,- DM im Monat und die gingen für Kippen drauf. Aber das Auto wollte ich doch so gerne haben! Also fragte ich einige: „Haste mal ´ne Mark?"

Natürlich fragten sie: „Wofür?" Meine Antwort: „Ich möchte mir gerne ein Auto kaufen!"

Am frühen Abend hatte ich die Knete zusammen und kaufte den Käfer. Der hatte zu dem Zeitpunkt 10 Liter Sprit im Tank, die waren ratzfatz leer und ich wurde zum ersten Mal abgeschleppt.

Ich war glücklich. Zusammen mit meinem Käfer war ich unschlagbar, der Star! Und unabhängig. Es war herrlich.

Auf einer Party lernte ich Yannis, den Griechen kennen. Er war groß, hatte eine athletische Figur, blonde Locken und hellblaue Augen. Es dauerte nicht lange, da war es um uns geschehen und wir wurden ein Paar.

Die Verzweiflung war groß, als Yannis wieder nach Griechenland abreiste. Ich solle kommen, er habe ein Haus in Athen und wir könnten dort zusammenleben, versprach er.

Ja klar, kein Problem, ich hatte ja mein tolles Auto! Es war sofort beschlossene Sache und ich teilte das begeistert meinen Eltern mit. Die Stimmung im Elternhaus war daraufhin nicht die beste. Warum sucht die sich ausgerechnet so einen Griechen aus? Das sind doch alles Machos!

Ich hingegen verkündete stolz, dass ich bereits kommende Woche nach Griechenland abreisen würde. Meine Eltern und Onkel Dieter waren sich daraufhin einig: Das muss verhindert werden!

Heimlich schaffte Onkel Dieter an dem Getriebe vom Karl, meinem VW-Käfer. Hm, plötzlich gingen nur noch der 2. und der 4. Gang. Für mich kein Problem, mit den 2 Gängen komme ich dennoch bis nach Griechenland, gab ich überzeugt bekannt.

Dieter sagte daraufhin, er kümmere sich darum, das Getriebe wieder in Ordnung zu bringen. Ich liebte ihn dafür.

Zwei Tage vor der großen Fahrt funktionierte jedoch nur noch der erste Gang. Und leider, leider, nein, da wäre nichts mehr zu machen, sagte Onkel Dieter.

Daraufhin flog ich stattdessen nach Griechenland und blieb dort ca. drei Monate.

Es war herrlich. Yannis und ich reisten nach Kreta, zelteten an einem einsamen Strand. Um dorthin zu gelangen mussten wir über einen großen Berg klettern. Na, das war ja eigentlich nichts für mich, aber ich habe dennoch tapfer durchgehalten.

Der Strand war menschenleer, einige Kilometer weiter lag eine kleine Taverne. Der Wirt war unglaublich gastfreundlich, wir haben dort nie irgendetwas bezahlt. Bald sollte ich jedoch erfahren, warum.

Nach drei Wochen sagte Yannis, er müsse in die Stadt, Geschäfte erledigen. Ich solle ruhig dableiben, er wäre in drei Tagen wieder zurück. Dankbar, dass ich nicht wieder über die Berge klimmen musste, blieb ich brav in unserem Zelt. Ein wenig merkwürdig erschien mir das alles zwar, aber ängstlich war ich überhaupt nicht.

Eines nachts wurde ich wach, irgendwie fühlte ich mich beobachtet. Da saß tatsächlich jemand neben meiner Luftmatratze.

Mein Herz hüpfte erst vor Freude: Yannis ist wieder da!

Mein Herz blieb einen Bruchteil einer Sekunde später fast stehen: Das ist er nicht!

Der Mensch gegenüber schaltete die Taschenlampe unterhalb seines Gesichts ein, wie bei Edgar Wallace.

Es war der Wirt der Taverne und er wollte seinen „Lohn" abholen! Er begann, mich zu begrapschen. Ich war panisch, da ich völlig allein war an dem einsamen Strand im Zelt.

Mein Schweizer Taschenmesser lag neben mir, die kleinste Klinge war offen. Mit einem Griff habe ich beherzt zugestochen und den Wirt gepickt.

Der war sehr erstaunt, zwackte wohl ganz gut. Er faselte etwas im Sinne von: „Da gibt's doch nicht" und verschwand.

Solche Angst hatte ich kaum jemals wieder in meinem Leben. Ich saß bis zum Sonnenaufgang mit dem Klappmesser panisch in den Händen vor dem Zelt und zitterte.

Yannis kam am nächsten Tag zurück, packte ohne ein Wort alles zusammen und wir reisten ab.

Viel, viel später erfuhr ich, dass er mich beim Wirt gegen Souvlaki und Co. eingetauscht hatte. Unfassbar, und dennoch sollte ich mit dem anschließend auch noch nach Afrika ziehen...

Afrika

Yannis und ich planten unser neues, großes Abenteuer: Es sollte nach Südafrika gehen. Hach, war das aufregend!

Ich war gerade zwanzig Jahre alt geworden und mir wurde meine Ausbildungsversicherung ausbezahlt. Es konnte also nichts mehr schief gehen.

Zunächst einmal kaufte ich mir von meinem Geld einen ordentlichen Schlafsack und einen großen Rucksack. Damit gut bestückt flog ich nach Athen. Yannis holte mich mit einem geklauten Moped vom Flughafen ab, wir verbrachten zunächst zwei Wochen in Athen, bevor wir anschließend die Tickets nach Südafrika kauften.

In Johannesburg angekommen verließen wir den Flieger. Die Hitze traf mich wie ein Schlag. Ich rannte umgehend in das nächstbeste, klimatisierte Gebäude, so ungewohnt heiß war es für mich! Es war November und die Regenzeit begann.

Yannis drängelte, wir müssten los an die Straße, um weiter nach Durban zu trampen. Dorthin war es ein weiter Weg und schnell merkte ich, dass mein Rucksack viel zu schwer war, die Schuhe die falschen und die Affenhitze meinem Schädel nicht guttat.

Ich trottete hinter dem Griechen her. Erst lächelnd und plaudernd. Dann wurde ich still und lächelte nicht mehr. Schließlich begann ich zu fluchen.

Die erste Nacht in Afrika mussten wir in einer Kanalröhre unter der Autobahn verbringen. Nein, so hatte ich mir das wahrlich nicht vorgestellt. Ich hatte stattdessen Savanne im Sinn, wilde Tiere und wie ich mit Yannis den Sonnenuntergang bestaune. Denkste!

Früh morgens, als wir unliebsam durch das Wasser, das durch die Kanalröhre rauschte, geweckt worden waren, brachen wir wieder auf. Mehrfach wurden wir von Fremden einfach mitgenommen und ich bin diesen Menschen bis heute dafür dankbar. Sie nahmen uns häufig nicht nur in ihren Fahrzeugen mit, sondern sie nahmen uns auch mit nach Hause, gaben uns zu essen, boten uns Bett und Dusche an und brachten uns am nächsten Tag wieder zurück an die Straße, damit wir weiter unserer Wege ziehen konnten.

Dabei lernte ich afrikanische Streckenangaben zu deuten:

Just down the Road – Eben mal die Straße runter (darüber freute ich mich zunächst, aber nicht lange) bedeutete ca. 80 km.

Just around the corner – Eben mal um die Ecke (ich ahnte es direkt) entsprachen ca. 180 km.

Nachdem mein Rucksack nur noch halb voll war, ich Blasen an den Füßen hatte und Afrika total scheiße fand, kamen wir endlich in Durban an.

Was für eine Stadt! Der indische Ozean vor der Tür. Dort und mieteten wir tatsächlich ein kleines Appartement. Es lag in einem Hochhaus, stank nach Katzenpisse, hatte jedoch einen herrlichen Ausblick über die Stadt und das Meer. Alles war vergessen. Wir waren glücklich.

Jedoch nicht lange, dann wollte Yannis weiter nach Kapstadt. Ich hingegen brauchte eigentlich noch Pause, hatte mich von den Strapazen nicht vollständig erholt, aber natürlich trottete ich wieder mit.

In Amanzimtoti schliefen wir auf dem Bahnhof. Es war nass. Da tauchte ein freundlicher Inder auf, der bei der Bahn beschäftigt war, und gab mir eine Zeitung zum Zudecken. Der Grieche motzte, aber ich nahm das Papier sehr dankbar an.

Am nächsten Morgen brachte uns der Inder frischen Kaffee. Während ich den genüsslich trank, blätterte ich in der Zeitung, mit der ich mich zugedeckt hatte, und fand darin folgende (übersetzte) Annonce:

Kloof und Highway SPCA *(Hinweis: das Tierheim in der Nähe)* **sucht eine Tierarzthelferin. Dringend.**

Ha, das war meine Chance! Yannis meinte, der Job wäre okay für eine Weile, und begleitete mich dorthin. Bereits nach wenigen Minuten hatte ich nicht nur die Stelle, sondern auch ein Zuhause für uns. Eine der Angestellten lebte alleine mit 5 Retrievern in einem Haus und trat uns gerne ein Zimmer ab.

Natürlich war der Job anfangs schwer für mich, denn eigentlich suchten sie eine wirklich qualifizierte Fachkraft. Ich hingegen hatte in meiner Ausbildung in Deutschland eher putzen gelernt.

Der Tierarzt kam nur zweimal in der Woche in die Praxis und zwischenzeitlich sollte ich mich um ca. 80 kranke Tiere kümmern, sie medizinisch versorgen. Dabei hatten die Tiere teilweise Krankheiten, die ich aus Deutschland gar nicht kannte.

Ran ans Werk! Außer einer Ziege, die meine Unwissenheit mit ihrem Leben bezahlen musste, ist mir übrigens kein Tier weggestorben.

Nach einigen Wochen wollte der Grieche weiterziehen. Ich wollte jedoch bleiben und so kam es zum Streit – der schlimm für mich endete.

Zunächst einmal gab ein Wort das andere. Als dem Griechen die Argumente ausgingen, fing er an zu prügeln – und hörte nicht mehr auf.

Er hat mich krankenhausreif geschlagen, meine spärliche Bekleidung und mein Rückflugticket zerrissen. Dann hat er sich das Geld aus meiner Ausbildungsversicherung gekrallt (die ich schlauerweise in bar für den Notfall dabeihatte) und ist verschwunden.

Da saß ich, blutüberströmt. Ein einzelnes Handtuch war mir geblieben, das hing im Bad.

Als Wendy von der Arbeit zurückkehrte, fand sie mich so vor, und brachte mich erst einmal in die Klinik. Anschließend informierte sie die SPCA, meinen Arbeitgeber. Alle kümmerten sich rührend um mich. Der eine brachte Klamotten, der andere Schuhe, der dritte Verbandszeug, etc.

Das größte Problem war jedoch, dass ich nach Landesrecht ohne gültiges Rückflugticket keine Arbeits- und Aufenthaltserlaubnis mehr besaß.

Was tun? Meine Eltern kontaktieren? Auf gar keinen Fall, da war ich trotz aller Vorfälle zu stolz. Ein guter Plan musste her.

Und es passierte das Unglaubliche: Die Menschen von der SPCA und die neuen Freunde sammelten und hinterlegten das nötige Rückflugticket für mich! Ruckzuck lernte ich die Sprache, fand weitere nette Freunde, arbeitete mit super Kollegen.

Vier Monate später, mitten in der Nacht, stand der Grieche im Garten. Yannis brüllte und heulte. Er würde mich lieben, ich solle zu ihm zurückkehren. Klar, mein Geld hatte er in Kapstadt verjubelt, deshalb war er eigentlich nun wieder da.

Für einen kurzen Moment war ich im Begriff, schwach zu werden. Wendy trommelte daraufhin jedoch alle zusammen und so wurde daraus nix.

Yannis randalierte die ganze Nacht, bis in den frühen Morgenstunden die Polizei ihn vom Platz verwies.

Ich blieb bei der SPCA. Jedoch zog ich bei Wendy aus und stattdessen in eine tolle WG in Kloof, in der Old Main Road. Es war ein altes Kolonialhaus mit 6 oder 7 Mitbewohnern.

Das war meine schönste Zeit. Ich durfte jung und frei sein, wir sind viel in Durban herumgezogen, waren eine tolle Gemeinschaft. Am Monatsanfang wurden stets einige Stoffsäckchen mit Geld für unsere gemeinsamen Lebenshaltungskosten gefüllt, jeder aus der WG trug seinen Beitrag dazu. Wir leisteten uns einen Gärtner und eine Maid, die gern bei uns arbeiteten, denn es gab immer etwas extra. An dieses Leben konnte man sich gewöhnen. Wir hatten ein riesiges Trampolin im Garten und einen Pool. Vor dem Haus stand ein immenser Avocadobaum, der die leckersten Früchte trug.

Im April wurde ich 21. Damit war ich nach südafrikanischem Recht volljährig! Zu meinen Ehren wurde daher eine riesige Motto-Party ausgerichtet: Toga & Tequila.

So etwas kannte ich aus meinem Eifeldorf nicht und war verzückt. Alle Gäste kamen in Bettlaken gewickelt, geknotet, locker um die Hüften geschwungen oder drapiert. Dazu trug jeder ein Kränzchen auf dem Haupt und die geforderte Flasche Tequila in der Hand.

Die Geschenke, die zu diesem Anlass bekam, waren der sensationell: Die SPCA schenkte mir eine Uhr (die habe ich bis heute), die WG schenkte mir einen handgefertigten Wandspiegel (den sich später mein Ex-Mann gekrallt hat), dazu gab es ein Wochenende am Meer und einen Kurs, in dem man lernte, Schuhe selbst herzustellen, und viele weitere besondere Dinge.

Dazu etliche Flaschen deutschen Jägermeister, die sie extra für mich organisierten. Dadurch wurde es natürlich umgehend lustig.

Einer brachte Schokoladenkekse mit, die wir alle dankbar nach dem ganzen Schnaps naschten. Es handelte sich um eine große Keksdose voll Gebäck!

An den Rest des Abends kann ich mich beim besten Willen nicht mehr erinnern.

Am nächsten Morgen wachte ich auf und hatte drei nackte Gestalten mit im Bett. Als ich an mir heruntersah, stellte ich zufrieden fest, dass ich noch komplett angezogen war, sogar der Schlüpper saß an Ort und Stelle. Na, Gott sei Dank!

Als ich in den Garten ging, sah ich im Pool zahlreiche Bettlaken müde vor sich herschwimmen. In den Sträuchern lagen nackte Menschen.

Im Gebüsch fand ich den Dobermann einer Freundin, der war auch nicht ansprechbar. Es ging ihm offensichtlich nicht gut. Ich wechselte meine Bekleidung von Betttuch hinzu zivile Kleidung, fuhr mit dem armen Kerlchen hin zur SPCA und legte ihm eine Infusion. Der Hund erholte sich glücklicherweise sehr schnell und wir konnten nach Hause zurückfahren.

Inzwischen waren alle aufgewacht und aus ihren Ecken gekrochen und ich erfuhr: Ja, es waren die Kekse, die seien „besonders" gewesen.

Adieu Südafrika

Eines Tages, ich drehte meine morgendliche Runde in der SPCA, stellte ich fest, dass aus unserem Bestand der zu pflegenden Tiere rund 40 Katzen fehlten. Hurra! Ich lief ins Büro und rief freudig aus: „Oh wie schön, Ihr habt ganz viele Katzen vermittelt!"

„Nein, keine einzige ist vermittelt worden!".

„Ja doch, ca. 40 Katzen fehlen!" Ich freute mich immer noch. Aber nicht mehr lange. „Schau mal auf der Werft vorbei" (die „Werft" war die Unterkunft der Angestellten). Wie, wieso denn auf der Werft? Ich eilte dorthin.

Überall auf der Werft lagen leere Schnapsflaschen, schlafende, volltrunkene Mitarbeiter sowie reichlich Knochen und Felle. Die Katzen! Eine fand ich im Kochtopf.

Das war zu viel für mich. Ich hatte nicht gut aufgepasst, es war meine Schuld. Weiß wie die Wand ging ich ins Büro und reichte meine Kündigung ein – mit sofortiger Wirkung, das ging damals noch in Südafrika.

Die heißgeliebte WG wurde zufällig zeitgleich plötzlich aufgelöst, die Eigentümer des Hauses aus Übersee wollten dort einziehen und ich musste mir eine neue Bleibe suchen, daher zog in eine neue WG mit vier Polizisten.

Nach einer Woche konnte ich im „Golden Egg" in Pinetown einen Job anfangen, das war eine gehobene Schnellimbisskette. Dort musste ich Tische eindecken und bedienen. Keine Lebewesen waren mehr auf mich angewiesen.

Nach vier Wochen wurde ich jedoch rausgeworfen, denn man hatte mich eingestellt, ohne den Manager zu fragen, der nun etwas dagegen hatte. Gehalt bekam ich keines. Das Trinkgeld wurde geteilt, jedoch verzichtete ich auf meinen Anteil. Mein Selbstwertgefühl war im dritten Untergeschoss angekommen.

Kurze Zeit später begannen die Unruhen in Natal. Es wurde geschossen. Zunächst wurde der Nachbar gegenüber erschossen, dann zwei weitere, die rechts und links neben uns lebten. Obwohl ich in einer Polizisten-WG wohnte, war mir das alles nicht mehr geheuer. Kein Job, die WG nicht so dolle. Alles irgendwie Kacke... Ich zog daher weiter. Nach Namibia!

Die Ente auf der Wäscheleine

Die Ente legte ein Ei. Die Freude war groß. Sie währte aber nicht lange, nachts kam der Fuchs und die Ente war weg. Das Ei war noch da. Was tun?

Onkel Dieter nahm es mit ins Bett. Heizte seinen alten Ofen an, danach waren es immerhin stattliche 18 Grad im Wohnzimmer. Der Onkel schwitzte, so warm war es dort sonst nie! Dennoch: Zu kalt für das Ei. Was tun?

Die Pute brütete. Prima. Kann man ihr ja unterschieben. Von wegen. Die hat sofort das fremde Ei erkannt.

Onkel Dieter hatte immer Schnaps im Haus. Mit einem Mal war eine Idee geboren und wurde umgehend umgesetzt. Ein Stück Weißbrot wurde mit reichlich Hochprozentigem getränkt. Die Pute mochte das jedoch nicht fressen. Dieter trank daher den restlichen Schnaps, „bevor er umkommt", wie er zu sagen pflegte. Aber die Pute war noch immer nüchtern.

Beherzt wurde die Pute daher unter dem Arm eingeklemmt und ihr die Weißbrot-Köstlichkeit eingetrichtert. Kurze Zeit später war die Pute besoffen. Das Entenei konnte untergemogelt werden.

Als die Pute wieder nüchtern war, roch alles vertraut und somit wurde schlussendlich alles brav ausgebrütet.

So kam die Ente zur Welt. Die Putengeschwister haben sich sehr gewundert, denn die Ente hatte immer Durst. Alle wuchsen prächtig heran.

Eines Tages machten die Puten ihre ersten Flugübungen und landeten auf der Wäscheleine. Die Ente auch – auf der Wäscheleine!

Es war sehr schwierig für sie, denn sie konnte sich mit ihren kleinen Schwimmfüßchen nicht wie ihre Geschwister festklammern. Sie schwankte und wankte und wippte und zwischendurch flatterte sie auch. Fiel aber nicht herunter, denn sie war ja der Meinung, sie sei eine Pute.

Die Ente wurde 26 Jahre alt.

Der Wholesale

In Namibia angekommen, zog ich zunächst bei Familie Lühl, die ich bei einem kurzen Besuch in Namibia kennenlernte, auf der Farm Okuje ein. Dort lebten die alten Farmer mit ihrem Sohn Richard. Die Tochter weilte in Deutschland und lernte damals durch einen absoluten Zufall meinen Vater kennen. So hatten wir quasi einen „Austausch", ohne es zu dem Zeitpunkt zu wissen.

Herr Lühl fuhr mit mir nach Windhoek, um eine geeignete Arbeitsstelle für mich zu finden. Die Firma Coca-Cola suchte jemanden fürs Labor. „Ja", sagte der alte Mann, „das ist was für das Kind." So fing ich dort an.

Einen weißen Kittel sollte ich tragen. Frau Lühl gab mir daher ihre Hebammenausrüstung.

Tapfer fing ich dort an. Wo ist das Labor? Ja, das ist noch gar nicht vorhanden, aber im nächsten Jahr wird es sicherlich gebaut.

Mein Job war, die Dosenfalz unter dem Mikroskop zu begutachten. Tat ich. Mitten in der Fabrik – und es war höllisch laut um mich herum. Nach 12.000 Dosen war mir nach Abwechslung. Keine in Sicht. Nach 25.000 Dosen schmiss ich hin und haute ab.

Viele Jahre später traf ich auf einer Party einen ehemaligen Kollegen. Er erkannte mich erst auf den zweiten Blick, ich ihn gar nicht. Er informierte mich: „Dein Kittel hängt übrigens noch immer an seinem Platz."

Herr Lühl fuhr erneut mit mir in die Stadt. Er musste sowieso für den Store (ein kleiner Laden, der sich auf jeder Farm befindet) einkaufen.

Wir fuhren in den Wholesale. Dort gab es erst einmal einen Kaffee und einen ausgiebigen Schnack über Regen, Rinder, Maul- und Klauenseuche, Verkehr, reife Orangen etc. Der Chef des Wholesale kam dazu und fragte, ob der Farmer nicht jemanden kenne, der bei ihm arbeiten möchte.

ICH!

Nee, nee, so einfach ginge das nicht, meinte der alte Farmer, denn das Kind müsse vor dem Dunkelwerden zu Hause sein.

„Ok," sagte Herr Keck, der Chef, „das kriegen wir hin."

Ja, und eine ordentliche Bleibe bräuchte das Kind, die Farm sei zu weit weg.

„Ok," sagte Herr Keck, „das kriegen wir hin."

Es wurde noch etwas verhandelt, Kaffee getrunken, der Pick-Up beladen und ich fing im Wholesale an.

Bei einer seltsamen Omi fand ich eine Bleibe, in ihrem Kellergeschoss. Ein Zimmer mit Klo. Afrikaans konnte ich damals noch nicht.

Bei meinem Job saß ich also mit den Farmern an einer langen Theke aus Eichenholz. Wir tranken zusammen Kaffee, den wir selbst rösteten, und ich notierte auf einem Lieferschein, was gewünscht war. Anschließend knöpfte ich dem Kunden die Knete ab und er fuhr zum Lager, um seine bei mir gekauften Waren anhand des Lieferscheins abzuholen.

Super Job. Easy, nette Kontakte, abwechslungsreich, abgesehen von den mageren Regenmengen, die jedes Mal besprochen wurden.

Nur kam der Ludwig aus dem Lager ständig zu mir und sagte: „Die Millimehl es klar."

Aha, Maismehl ist in rauen Mengen da, verstand ich. Ich bot es daher, wann immer sich die Gelegenheit ergab, im Gespräch mit den Kunden zum Verkauf an.

Ludwig kam wieder: „Die Millimehl es klar." Der war bestimmt verliebt in mich, dachte ich, und versicherte ihm, ich verkaufe Maismehl so gut es nur ginge.

Ludwig war aber gar nicht verliebt. Beim dritten Mal holte er wutentbrannt den Chef: „Die Millimehl es klar!"

Der Chef: „Ok, ich ordere nach." Ludwig protestierte: „Die klein Misses verkauft es immer weiter!"

Der Chef: „Wie, das geht doch gar nicht, Millimehl ist doch ausverkauft!" Ja, und so kamen sie alle erneut zu mir, meine Kunden. Tranken Kaffee während ich die ganzen Rückbuchungen und Stornierungen machen musste.

Es half alles nichts. Ich musste Afrikaans lernen.

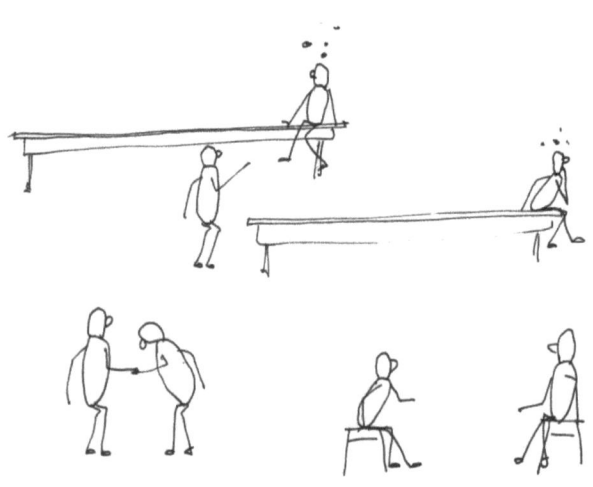

Dieter und die Tellerwaschmaschine

Onkel Dieter war aufgeregt. Er hat von irgendeinem irgendwoher eine Spülmaschine ergattert. Wie ich ihn kannte zwar viel zu teuer, aber die Freude war groß.

Umgehend wurde das Teil in seiner kleinen Küche verbaut. Er schaute sich sein Werk an und stellte fest, dass man den oberen Korb entfernen konnte. Prima, denn da passte nun der dreckige Motor rein, den er kürzlich irgendwo ausgebaut hatte. Also rein mit dem fettigen Ding, eine Flasche Handspülmittel und etwas Waschpulver dazu und das volle Programm laufen lassen.

Das musste mit einem Schnaps gefeiert werden. Er lief hinüber zu uns, erzählte von seiner Tellerwaschmaschine und alle sollten mit ihm darauf anstoßen – um 11 Uhr vormittags. Er blieb noch zum Mittagessen und nach dem Kaffee sowie einem weiteren Schnaps lief er leicht schief und aufgeregt wie ein kleines Kind zurück nach Hause.

Oben am Törchen war Schaum. Komisch, wo kam der denn her? Die Treppe vom Gartentor zur Haustür erwies sich als unfreundlich zu ihm, denn sie war sehr glitschig. Bevor er zur Haustür reinkonnte, musste er reichlich Schaum wegräumen. Er erzählte mir hinterher, dass er ihn wortwörtlich zerschneiden musste, aber das glaubte ich ihm nicht. Den weiteren Weg kann sich ja wohl jeder vorstellen.

Gegen Abend drang er dann endlich wieder zu seiner neuen Errungenschaft durch. Er freute sich so sehr, denn der Motor war nun tatsächlich blitzblank. Eine tolle Erfindung!

Sein Geschirr wusch er natürlich weiterhin von Hand.

Onkel Dieters Entertainmentcenter

Dieter wollte unbedingt im Schlafzimmer fernsehen, aber ihn störte eine Spiegelung im Bildschirm. Da schmiedete er einen Plan. Er holte sich in einem Billigladen ein schmales, hohes Regal. Darauf drapierte er den Fernseher, darunter den Videorecorder, darunter wiederum den SAT-Receiver, ganz unten den DVD-Player.

Soweit so gut, aber es spiegelte noch immer im Fernseher. Es musste eine echte Lösung her. Also durchbohrte er alle Geräte nebst Regal und haute zwei ganz lange Gewindestangen durch die ganze Chose. Ein Test zeigte, dass nach wie vor alles Elektrische funktionierte, unglaublich, aber wahr.

Natürlich spiegelte der Fernseher jedoch weiterhin.

Er nahm daher nun sein bestes Paar Hosenträger. Die schraubte er ans Regal und kippte den ganzen Turm so weit nach vorne bis sich nichts mehr spiegelte. In diesem Neigungswinkel stellte er die Hosenträger fest ein. Der Turm wurde anschließend zusätzlich auf Rollen gestellt, damit je nach Tageszeit und Lichteinfall alles wieder schön zurück positioniert werden konnte. Wunderbar.

So, jetzt lag da noch das zweitbeste Paar Hosenträger. Hm, die ließen sich doch bestimmt ebenfalls sinnvoll einsetzen!

Und, jawoll, da kam ihm die Idee:

Sein Bettlaken war morgens nach dem Aufstehen stets durcheinander. Daher klappte er die Matratze hoch, befestigte das zweitbeste Paar Hosenträger daran, klappte die Matratze wieder herunter, justierte die Hosenträger – und siehe da: damit war das Bettlaken endlich stets und immer glatt und stramm.

Der Unfall in Namibia

Es war der 13. November 1985, um 13.00 Uhr, als ich mit meinem Moped in die Mittagspause fuhr. Trotz brutaler Hitze trug ich meinen Helm. Es waren nur wenige Kilometer nach Hause und ich hatte zunächst kurz überlegt ohne Helm zu fahren, um den kühlenden Fahrtwind zu genießen. Aber ich hatte kurz zuvor jemanden kennengelernt, der einen Unfall ohne Helm hatte und schwerste Kopfverletzungen davontrug. Daher kam das Ding dann doch aus Überzeugung auf meinen Kopf.

Um 13.03 Uhr erreichte ich den Kreisverkehr am Ausspannplatz – hier galt links vor rechts, wie es sich in Namibia gehört.

Ich fuhr in den Kreisverkehr ein, als ein Geländewagen das Stoppschild ignorierte und mit irrem Tempo in den Kreisverkehr schoss. Er erwischte mich am Vorderrad. Ich hatte keine Chance. Ich flog meterweit über den Ausspannplatz und knallte auf den Asphalt. Mit dem Kopf zuerst.

Der Unfallverursacher wollte flüchten. Vor mir fuhr mein Chef, der das Ganze beobachtete. Er machte eine Vollbremsung und sprang aus seinem Wagen auf das Trittbrett des flüchtenden Geländewagens. Der musste gleichzeitig stehenbleiben, weil sich durch den Unfall ruckzuck alles gestaut hatte. Mein Chef zog den Fahrer am Schlafittchen aus dem Wagen und rief Polizei und Krankenwagen.

Ich lag auf der brennend heißen Straße. Unsere Mitarbeiter standen plötzlich alle um mich herum und riefen Sätze wie „Oh Gott, oh Gott!" oder „Oooh, die arme Misses!" oder „Eieiei."

Ich bat sie, mich nur schnell von der Straße zu räumen, denn ich hatte schon Verbrennungen vom heißen Asphalt unter mir. Aber keiner traute sich. Also musste ich warten, bis der Krankenwagen endlich kam.

Der brachte mich ins Krankenhaus. Dort wurde ich auf eine Pritsche gelegt und es wurde mir höflichst mitgeteilt: „Doctor is sleeping ´til four o´clock!" Nun ja, mir war schon klar, dass in Namibia die Mittagspause mehr als heilig ist, aber im Krankenhaus hatte ich das nicht vermutet.

Die winzigen Kabinen waren durch einfache weiße Vorhänge voneinander getrennt. Der Vorhang rechts neben mir verfärbte sich nach und nach schleichend rot. Ich linste hinüber und da saß doch tatsächlich ein Mann, dem eine Axt im Bein steckte! Erschrocken von dem Anblick brüllte ich, es müsse aber jetzt SOFORT jemand kommen und sich um das Bein des armen Nachbarn kümmern. Ohne Erfolg.

Punkt vier kam dann schlussendlich der Doc. Ich verwies ihn auf die Nebenkabine. Nein, ich hätte meinen Unfall schließlich früher gehabt als der neben mir.

Nun muss man wissen, damals gab es in Namibia einen Arzt für Augen, Nase, Hals und Ohren, einen Arzt für Knochen und einen Arzt für Innereien. Mehr Ärzte gab es nicht. Der für Knochen war gerade krank. Dafür kam Ersatz aus Südafrika, der jedoch seinen Job nicht ernst nahm. Er erzählte mir etwas von Verstauchung, alles sei gut und ich war erleichtert. Noch erleichterter war ich, als er in aller Ruhe zum Nachbarn schritt.

Als ich mich aufrichtete, um nach Hause zu wackeln, stellte ich jedoch erschrocken fest, dass mein Oberschenkelknochen irgendwie neben dem Schienbein steckte. Die Schmerzen dazu brauche ich nicht in Worte zu fassen, die kann sich wohl jeder lebhaft denken.

Der Doktor kam nach einer Stunde zurück und gipste unbeeindruckt meine „Verstauchung" vom Becken bis zum Fuß ein. So sollte ich dann das Krankenhaus verlassen. Aber auftreten konnte ich nach wie vor nicht und so bat ich um Krücken. Nein, die müsse ich mir selbst besorgen.

Inzwischen kam meine liebe Ersatzfamilie, die zwischenzeitlich informiert worden war, den weiten Weg angereist. Sie organisierten mir ein Paar Krücken. Aber das waren nicht solche Exemplare, wie man sie in Deutschland kennt. Nein, diese waren aus Eisen und hatten eine eiserne Klammer um den Oberarm. Und sie waren schwer. Und es war heiß. Und ja, ich hatte höllische Schmerzen. Die „orthopädische Flugente" begab sich nach Hause. Kein Knochenarzt weit und breit. Stattdessen suchte ich in meiner Verzweiflung den Doc für Innereien auf. Der Gips war riesig und ich hatte schlimme Schmerzen.

Dieser Arzt schlug mir dann vor, nach Südafrika zu fliegen oder gleich nach Hause, es sähe gar nicht gut aus mit meiner Verstauchung, da könne noch mehr kaputt sein.

Also flog ich nach Hause. Mit kleinem Gepäck und riesigem Gips.

Ist ja nicht für lange, beruhigte ich meine Arbeitskollegen. Die machen das Knie wieder heile und ruckzuck bin ich wieder zurück. Zufälligerweise war ich auf den gleichen Flug gebucht wie mein Freund Richard aus Okuje. Er hatte seine Deutschlandreise schon lange geplant und ich hatte ihm unter dem blühenden Jacarandabaum sitzend seine Winterausrüstung gestrickt.

Richard brauchte warme Sachen, denn es war kalt in Deutschland und in Namibia gab keine wärmende Kleidung. Dass er nun beim Flug dabei war, war für mich nicht nur sehr praktisch, ich freute mich, denn ich mochte ihn sehr.

Die Krücken musste ich im Land zurücklassen, also wurde ich kurzerhand zum Essen und den Softdrinks für den Flug auf den Gabelstapler geladen und ins Flugzeug verfrachtet.

Wie bereits erwähnt hatte ich einen stattlichen Gips und das Bein war lang ausgestreckt und nicht biegbar. Der langen Rede kurzer Sinn: Ich passte nicht in den Sitz. Nach langem Hin und Her wurde beschlossen, dass ich erster Klasse fliegen durfte, denn auch die Business Class erwies sich als nicht großräumig genug. Ja, und weil ich so ein armes kleines Ding war, übernahm die Fluglinie die Kosten.

Plötzlich kam die Stewardess mit einem riesigen Blumenstrauß. Von meinen Kollegen. War das nicht lieb? „Bis ganz bald!" stand auf der beigefügten Karte.

Da saß ich dann also in meinem Chefsessel, genoss die angebotenen Köstlichkeiten in echtem Porzellan auf feinsten Tischdeckchen serviert.

Das hätte wirklich ein Vergnügen werden können, wenn nicht die Toilette unerreichbar für mich gewesen wäre. Ich hatte keine Chance überhaupt dorthin zu gelangen, geschweige denn, hinein zu passen.

Damals gab es keine Direktflüge, alles lief über Südafrika, der Flug dauerte daher 14 Stunden. Es war eine Tortur.

In Deutschland angekommen wurde ich wieder mittels Gabelstapler nebst schmutzigem Geschirr und dem Leergut ausgeladen. Ein Krankenwagen erwartete mich. Aber nein, erst einmal musste ich jetzt aufs Klo, darauf bestand ich. Inzwischen völlig verkrampft dauerte es sehr lange, bis die ersten Tropfen mir Erleichterung verschafften.

Anschließend ging es erst einmal nach Hause und Richard durfte mitfahren. Es war Samstag, das weiß ich deshalb ganz genau, weil in Namibia nur freitags das Flugzeug ging und es samstags immer Suppe in Bergweiler gab. Wir saßen am Tisch, ich ziemlich weit weg, war ja klar. Richard neben mir, es gab Erbsensuppe.

Da kam Onkel Dieter gerannt, er musste noch schnell was räumen. Sah mich, war zu schnell, blieb an der Teppichkante hängen, sauste mit der Hand in den Teller Erbsensuppe meines Bruders, schlitterte damit den kompletten Tisch entlang und schüttelte mir zur Begrüßung die Hand mit den Worten: „Ach Mensch, da biste ja endlich wieder". Die Erbsensuppe tropfte fröhlich auf meinen Pullover.

Richard verfolgte alles sehr gebannt und sagte: „Und das ist sicher Onkel Dieter!" Ja, er hat ihn durch meine Erzählungen schon ganz gut kennengelernt.

Zwei Tage genoss ich die Wiedersehensfreude und die Stricknadeln, die ich meiner Mutter abluchste, um damit in meinem Gipsbein zu stochern, weil es darunter so juckte. Die meisten fielen rein, verschwanden im Gips-Nirvana, aber einige veranlassten mich dann doch zu wohligem Grunzen.

Nach dem schönen Wochenende Zuhause ging es, durch gute Beziehungen, nach Koblenz zu einem Kniespezialisten.

Vorab muss ich erwähnen, dass das alles gar nicht so einfach war. Dadurch, dass ich Europa länger als 6 Monate verlassen hatte, war ich automatisch aus meiner Krankenversicherung geflogen. Da ich zum Zeitpunkt des Unfalls bereits 21 Jahre alt war, war ich auch nicht mehr über meine Eltern versichert. Der Unfallverursacher stellte sich natürlich quer, das werde ich an anderer Stelle näher ausführen.

Aber ich hatte, Dank meiner lieben Eltern, nach wie vor eine private Unfallversicherung, die jedoch nur für stationäre Aufenthalte zahlte. Alle ambulanten Termine wurden nicht übernommen. Ich hatte sehr großes Glück, da alle Ärzte, die ich aufsuchen musste, mir ihre ambulanten Maßnahmen nicht in Rechnung stellten, da sie meine Geschichte an sich schon schlimm genug fanden. Ein großes Dankeschön an dieser Stelle!

In Koblenz wurde ich freundlich empfangen. „Na, Skiunfall?" Ich schüttelte den Kopf. „Nein, Mopedunfall." Erstaunt sah man mich an: „Warum fahren Sie denn bei diesem Schnee Moped?" Ich entgegnete: „Der Unfall war in Afrika, da ist jetzt Hochsommer."

Im OP-Bericht stand: „Nach Eröffnung des Kniegelenks ergoss sich eine übelriechende, braune Flüssigkeit. Vom Bandapparat war nichts mehr zu erkennen." Nun denn, sie zimmerten mir dort einige neue Bänder rein, gaben ihr Bestes und der Erfolg war gleich null. Ab dem 13. November 1985 um 13.03 Uhr verlief mein Leben völlig anders. Nichts war mehr wie es war… Es begann die lange Krankengeschichte, die bisher genau 100 Operationen mit sich brachte.

Orpheus aus der Unterwelt

Wir lungerten mal wieder bei Onkel Dieter herum, als ein einsamer Frischling völlig orientierungslos auf der Straße (damals war es eher eine Schotterpiste) umherlief. Sofort schauten wir nach, aber weder Mutter, Vater noch Geschwister tauchten auf. Onkel Dieter rannte in seinen völlig abgewetzten Sandalen los, um ihn zu retten. Wir feuerten ihn an.

Nachdem er beide Schlappen verloren hatte, schmiss er sich erfolgreich auf den Frischling, mit einer Hand erwischte er ein Bein des armen Tierchens.

Umgehend wurde ich ins Dorf zu Oma Else geschickt. Oma Else besaß nämlich eine Ziege, die hieß Elfriede. Ich erklärte ihr die Situation und sie schnappte sich Elfriede, klemmte sie zwischen ihre Knie und molk sie, was das Zeug hielt. Wieder Zuhause angekommen vermischten wir Elfriedes Milch mit Haferflocken und Leberwurst. Dem Frischling hat es geschmeckt.

Er bekam den Namen Orpheus. Orpheus gehörte fortan zur Familie. Er schlief die erste Zeit mit den Hunden in Onkel Dieters Bett, lief ihm überall hin nach und wuchs und wuchs. Das Haus wurde bald zu klein. Mit seinem massigen Körper stellte Orpheus allerhand Unsinn an.

Ein Gehege musste her. Ein Gehege, das ausbruchsicher war. Es wurde ein Teil des Gartens dazu auserkoren. Mit dickem Baum in der Mitte, als Schattenspender und zum Schrubbeln, einer großen Suhle und einem Unterstand. In den Baum wurde ein Autoreifen gehängt, er diente als Spielzeug. Pfeiler wurden in Beton tief in die Erde versenkt und ein doppelter Wildzaun gespannt.

Orpheus fühlte sich sauwohl, aber er verlor nach und nach den Respekt vor Menschen. Eigentlich hatte er nur Respekt vor der großen Bratpfanne, denn irgendwann konnte man nur mit dieser bewaffnet in sein Gehege.

Eines Tages bereitete sich Onkel Dieter ein Pilzgericht zu. Wir aßen davon nie, war er doch recht schusselig und nahm alles nicht so genau. Dieter genoss seine Pilzgerichte hingegen sehr, hatte aber stets danach Alpträume. Morgens kam er gerädert in die Küche und sagte, er hätte schlimm von Orpheus geträumt. Auweia.

Nach dem Frühstück gingen wir daher alle nach Orpheus schauen. Er war weg, der Zaun aus dem Betonfundament gerissen. Es war die Zeit als die süßen Düfte der Schweinedamen aus dem Dorf herüberwehten.

Ganz klare Sache, Orpheus wollte sich der Damen annehmen und sie nach Leibeskräften verführen. Wir alle hinterher. Auf die sonst geliebte Leberwurst reagierte er überhaupt nicht, er grunzte sich nur einen. Das war ein böses Zeichen, wir hatten ihn nicht mehr im Griff.

Inzwischen hatte er den Verkehr lahmgelegt, die Bauern waren außer sich und sperrten ihre Ställe ab. In 10 Minuten würde der Bus all die Kinder aus der Schule abliefern. Wir versuchten es noch einmal mit Leberwurst in der Bratpfanne. Zwecklos.

Dieter holte das Gewehr und schoss den armen Kerl tot.

Anschließend waren zwei Flaschen Schnaps fällig (und viele weitere, wenn von Orpheus gesprochen wurde) und Onkel Dieter schwor: „Ich esse keine Pilze mehr!"

Das falsche Bein

Es stand mal wieder eine Operation auf dem Programm, ein Abszess sollte entfernt werden. Dem OP-Personal war ich schon ziemlich bekannt und ich glaube durchaus, die mochten mich.

Der Anästhesist ließ das Narkosemittel stets ganz langsam und mit Gefühl einlaufen. Auch schenkte er mir ein Buch, das hieß „Kleines Handbuch für Giftmörder". Noch nie zuvor hatte er einem Patienten etwas geschenkt, aber er dachte, es würde gut zu meinem schwarzen Humor passen. Ich besitze dieses Buch heute noch.

Während ich „OP-fein" gemacht wurde, erzählte ich gerne schmutzige Witze. Die kamen mir nach der „Scheiß-Egal-Pille" automatisch zuhauf über die Lippen. Bei der Narkoseeinleitung stand das komplette OP-Team an meinem Tisch und sang mir ein Schlaflied (außer natürlich der Chirurg, der zog es vor, erst dazu zu kommen, wenn die Patienten schliefen und ihre Klappe hielten).

Dabei kam es regelmäßig zum Streit: Wer hütet die Schaf – die Mutter oder der Vater? Oft war ich fast froh, ins Träumeland zu gleiten.

Nach den OPs bekam ich eine Extraportion Schmerzmittel, die ich stets mehr als dankbar annahm. Diesbezüglich konnte ich schon einen ordentlichen Stiefel vertragen.

Der Pfleger, der mich aus dem OP abholte, brühte vorher einen starken Kaffee für mich auf, brachte mir davon einen Becher mit und wir machten traditionell mitsamt Bett eine kurze Zwischenstation auf dem Hof vor Intensiv, denn dort habe ich erstmal eine geraucht.

Ja, die kannten mich schon gut und dachten sich: Besser im Bett rauchen als dass ich im Flur umkippe und sie die ganze Sauerei wegwischen mussten. So lief alles eigentlich normalerweise rund, dieses Mal jedoch nicht.

Im Zimmer schlug ich die Bettdecke beiseite und wollte mir den Schaden am Bein ansehen. Da war aber nichts zu sehen. Die zu operierende Stelle tat höllisch weh, war jedoch unversehrt! „Nun, was haben die eigentlich die letzten zwei Stunden gemacht?", fragte ich mich.

Dann sah ich mir mein eigentlich gesundes Bein an – dort klaffte nun ein riesiges Loch. Ich habe dreimal ungläubig hingeschaut, aber es war so, das Loch war da. Sie hatten mir tatsächlich das falsche Bein operiert. So etwas liest man doch eigentlich nur in der Bild-Zeitung, hatte ich zumindest bis dahin gedacht.

Als der Chirurg ins Zimmer kam, kassierte er umgehend einen Anschiss von mir, der sich gewaschen hatte. Ja, er hätte geschnitten und geschnitten, aber nichts gefunden, erzählte er mir. Ja, klar, das erklärte das riesige Loch.

Vielleicht hätte ich es wie meine Oma Wagner machen sollen, einen Zettel verbuddeln auf dem steht: „Bitte nicht weiter kramen, nur noch Herrenunterwäsche!"

Zu spät. Im rechten Bein flog mir der eigentlich ursprünglich zu operierende Abszess sozusagen um die Ohren und es wurde kurzerhand beschlossen, sofort nochmal zu schneiden – nur drei Stunden nach der letzten Operation!

Der Superchirurg gab mir einen Edding-Stift, sicher ist sicher, ich solle nochmal selbst einzeichnen und markieren. Mit Freude tat ich das!

Durch meine Dröhnung und der super Restnarkose war ich trotz der Umstände mächtig gut gelaunt, also setzte ich den Edding im Gesicht, an der rechten Wange, an. Die Richtungspfeile zog ich von dort aus den Hals herunter, zwischen den Brüsten weiter, rechts am Bauchnabel vorbei bis zum zu operierenden Bein. Dort malte ich einen großen Kreis mit einem fetten Kreuz darin. Zu diesem Kreis malte ich noch einen Pfeil, unter dem ich

„Hier OP!" notierte. Auf das linke Bein malte ich zusätzlich ein „Durchfahrt-Verboten-Schild".

Im OP begrüßten sie mich mit den Worten: „Was machst Du denn schon wieder hier?" „Ja", antwortete ich, „die OP eben war nur eine Übung, also quasi ins Unreine".

Ihre Antwort darauf? „Du hast da was im Gesicht!" Ich erwiderte, sie sollen sich nicht um mein Gesicht, sondern um das obligatorische Schlaflied kümmern.

Während sie noch diskutierten, welches Lied zu singen sei, schlug einer die Bettdecke auf: Da lag ich nun mit meiner Edding-Pracht.

Der Anästhesist schmiss sich über meine Pritsche und wand sich vor Lachen. Auch die anderen, die dazu kamen, konnten nicht mehr aufhören. Na, wenigstens wurde dann schlussendlich das richtige Bein operiert.

Heilfasten in Namibia

Ich flog mal wieder nach Afrika. Mit den Freunden dort läuft es so: Wir telefonieren und schreiben nur selten miteinander. Ich komme irgendwann einfach vorbei und alles ist so, wie es vorher war.

Nach zwei Wochen Aufenthalt fuhr ich weiter zu meinem Freund Mäuser nach Grootfontain und verkündete stolz: „Ich mach jetzt Heilfasten!"

Mäuser sagte: „Wie jetzt, heute? Der Straußen-Udo kommt doch gleich und bringt leckeres Fleisch mit!"

Tja, das war zwar ein Dilemma, ich dachte kurz über die leckeren Steaks nach, aber meine Entscheidung war bereits getroffen: Noch heute sollte es losgehen.

Wer schon einmal gefastet hat, weiß, das geht nicht ohne Abführen. Glaubersalz musste daher her! Ich fuhr also nach Grootfontain, fand im Store jedoch nur Epson Salt. Hörte sich perfekt an, aber irgendwie war es komisch, dass es das nur in 1 kg-Paketen gab.

Da dachte ich mir: „1 kg, da muss ich nicht sparsam dosieren" und griff beherzt zu. Im Zweifel konnte ich ja bei der Menge sogar noch einmal nachladen! Das Epson Salt schmeckte genauso scheußlich wie Glaubersalz halt schmeckt, also Nase zu und schnell rein damit.

Es dauerte nicht lange und ich verkündete Mäuser, dass das Klo nun für eine geraume Zeit besetzt sei. „Ja, aber der Straußen-Udo hat doch so eine lange Fahrt hinter sich, wenn er kommt." Ich zuckte mit den Schultern: „Na, dann muss er eben im Zweifel in den Garten."

Leute ihr glaubt nicht, was dann geschah. Ich kackte mir die Rosette wund und es schäumte im Klo bis unter die Brille. Mäuser musste mir literweise Wasser ranschaffen. Im selben Tempo, wie ich es oben reinlaufen ließ, kam es unten schäumend raus. Das Klo wurde durch die Prozedur jedenfalls blitzeblank.

Beim drittletzten Kanister Wasser fragte Mäuser mich: „Wer hat denn das Epson Salt hier stehen lassen? Das gehört doch unter Verschluss." Vom Klo rief ich her-über: „Warum?" Mäuser schüttelte den Kopf: „Na, das ist zum Entfernen von Urinstein, gegen Schimmel in Schränken und Klamotten. Sogar Ratten kann man wahrscheinlich damit töten." Aha.

Nach dem letzten Wasserkanister verließ ich Mäusers blitzblankes Scheißhaus, etwas wackelig auf den Bei-nen, aber zum Glück noch sehr lebendig. Die Lust auf Fasten ist mir dadurch vergangen. Mein Hinterteil war verziert durch einen roten Halbkreis, ein Abdruck der Klobrille. Immerhin hatte ich darauf etliche Stunden verbracht. Ich setzte mich an den Tisch und genoss herr-lich gebratene Straußensteaks. Soviel dazu.

Als ich kurz darauf wieder zurück in Deutschland war, stand eine Darmspiegelung an. Der Oberarzt hat sich hinterher ein Foto von meinem Darm auf seinen Schreibtisch gestellt. So einen schönen und sauberen Darm hatte er nämlich noch nie gesehen. Epson Salt und Straußensteaks können da halt wahre Wunder bewirken.

Viele Jahre später erfuhr ich, dass Epson Salt kein Rohrreiniger ist (obwohl es sicherlich durchaus dazu in der Lage ist), sondern eigentlich doch Glaubersalz.

Es kann somit auch in der gleichen Dosierung eingesetzt werden wie unser Glaubersalz, etwas weniger wäre jedoch auch noch völlig ausreichend. Ich hingegen hatte damals die 5-fache Menge genommen.

Ist mir aber egal, mit der Fasterei bin ich mein Lebtag durch!

Mein Leben und der Autoschlüssel

1988 heiratete ich meinen damals besten Freund. Sehr bald sollte sich allerdings herausstellen, dass das keine so gute Idee war. Die Hochzeitsreise war gebucht und bezahlt, es sollte nach Bali gehen.

War aber nichts, die Reise ging für mich stattdessen auf einmal alleine nach München, denn ich brauchte dringend einen neuen Bypass in meinem Bein. Ich erhielt einen Anruf aus der Spezialklinik und musste mich bereits eine Stunde später auf den Weg machen, denn der Herr Professor hätte morgen Zeit für die OP.

Als Eiflerin in München im Krankenhaus zu sein, gestaltet sich dann schwieriger als gedacht. Zum Mittagessen gab es entweder eine komplette Schweinshaxe mit Knödeln oder ein ganzes Brathähnchen – natürlich auch mit Knödeln. Kein Mensch (okay, vielleicht Besucher auf dem Oktoberfest) kann diese Mengen essen. Und ständig sprachen sie von meinem Fuß. „Neeeeeeeiiiiin", wiederholte ich etliche Male, „es ist nicht der Fuß, es ist das BEIN!" Sie nickten und erwiderten, dass ich morgen einen schönen Bypass in den Fuß kriegen würde.

Auf meine Frage, um welche Uhrzeit die OP geplant ist antworteten sie mir freudig: um viertel, dreiviertel,

viertel oder fünftel acht. Ach so, ja klar. Also pünktlich. Irgendwann.

Die Scheiß-Egal-Pille ließ ich aus, wollte einen klaren Kopf im OP haben, um nochmals anzumerken, dass der Bypass in das BEIN gelegt werden solle.

Während der Narkose-Einleitung wurde mir dann geduldig erklärt: In Bayern ist das Bein der Fuß und der Fuß der Haxen und… weg war ich.

Da es mir augenscheinlich nach der OP nicht gut ging, wurde ich auf den Flur gelegt. Nein, nicht auf die Intensivstation. Auf den Flur. Mit spanischen Wänden drumherum. Und jeder, der den Flur entlanglief, hat eventuell bei der Gelegenheit mal nach mir geschaut. Davon habe ich aber nichts mitbekommen.

Plötzlich wurde ich wach. Bekam keine Luft mehr. Wollte klingeln, natürlich keine Klingel da.

Wurde panisch. Riss die spanischen Wände um. Dann wurde mir eiskalt. Weg war ich.

Ich hatte einen Herzstillstand nach Lungenembolie.

Nein, ich habe keinen Jesus gesehen, keinen Tunnel, kein helles Licht und schon gar nicht mal mich selber.

Es war abends, nach Schichtwechsel. Die Nachtschwester kümmerte sich um das Stockwerk über mir. Aber

Schwester Thea stand auf dem Parkplatz und bemerkte, dass sie ihren Autoschlüssel im Schwesternzimmer vergessen hatte. Ärgerte sich und ging zurück auf die Station. Aus den Augenwinkeln im Vorbeigehen bemerkte sie dort die umgeworfenen Spanischen Wände und schaute nach mir. Und da lag ich da – blitzeblau und kalt.

Schwester Thea begann sofort mit der Reanimation. Sie wollte Hilfe rufen, konnte aber gleichzeitig nicht aufhören, denn in dem Moment hörte ich auch auf.

Schwester Thea reanimierte mich so lange, bis die Nachtschwester gemütlich eintrudelte. Dann ging alles ziemlich schnell: Intensiv, intubieren, Maschinen etc.

Der diensthabende Arzt rief meinen Frischvermählten an und teilte ihm mit, sie wüssten nicht, ob ich das überleben würde. Der ging daraufhin zu meinen Eltern und wollte anschließend, wie gewohnt, zur Arbeit fahren.

„Nix da!", brüllte mein Papa, „wir fahren nach München und zwar sofort!" Innerhalb von fünf Stunden und ein paar Zerquetschten waren sie da.

Als ich wach wurde habe ich mich gewundert, war aber gleich wieder bewusstlos, da ich gegen die Maschine geatmet habe.

Nun denn, wie Ihr seht, habe ich doch überlebt. Schwester Thea konnte, nachdem sie mir sechs Rippen gebrochen hat, drei Wochen kein Essenstablett mehr austragen. Dafür erhielt sie jährlich einen schönen Blumenstrauß von mir.

Kein Mensch fragte mich, wie es mir emotional damit ginge. „Ach, die schafft das schon, die hält was aus."

Das Schönste war, als mich Richard (der Freund aus Afrika) besuchte. Er hatte eine Lehrstelle in Flensburg, kaufte sich von seinem jämmerlichen Lohn eine Fahrkarte und fuhr mit dem Zug nach München. Er schob mich durch den Park, sprach mir gut zu und musste nach kurzer Zeit wieder zurück. In meinem Leben werde ich das nicht vergessen!

Nachdem es mir jedoch in München immer schlechter ging, beschloss Onkel Dieter mich zu klauen. Er lieh sich von einem Kollegen das Wohnmobil (mit dem Kollegen und seiner Frau bin ich heute eng befreundet), packte meinen Bruder als Zweitfahrer ein und gemeinsam kamen sie zu mir ins Krankenhaus.

Während des Schichtwechsels fuhren sie mich mit meinem Bett auf den Parkplatz und packten mich ins Wohnmobil. Sie transportierten mich nach Trier ins Krankenhaus, meine Eltern sagten dort dem aus der Geschichte mit der Oma bekannten Dr. Schneider Bescheid.

Auf den war Verlass. Zunächst überprüfte er meinen Blutdruck: 60/40. Das war nicht viel.

Er zog besorgt seine dicken „Waigel"-Augenbrauen hoch, schnauzte alle an und kümmerte sich fortan persönlich um mich. Das war gut so.

Von dem Professor aus München erhielt ich einen handschriftlich verfassten, sehr lieben Brief, ich sei ja plötzlich weg gewesen. Er war ein sehr netter Mann, ein Genie im OP, aber was drumherum geschah, nahm er offenbar nicht recht wahr.

Nun denn, ich überlebte dieses und später noch manch anderes.

Wie sagt mein alter Hausarzt immer: „Wir kriegen sie zwar nicht gesund, aber tot kriegen wir sie auch nicht!"

Pathologie

Damals lebte ich in Südafrika. Meine Mutter war häufig mit Geologen auf Exkursion und eines Tages flog sie mit ihrer Truppe nach Namibia. Als ich das erfuhr, dachte ich: „Oh super, da kann ich meine Mama endlich mal wieder treffen!".

Es sah so einfach aus, lediglich ein Katzensprung. Auf der Karte quasi nur 6,5 cm. Denkste!

Man darf nämlich die afrikanischen Karten nicht mit den europäischen vergleichen. Hatte ich vergessen und meldete mich zum Besuch in Namibia an.

Meine Ma stieg ins Flugzeug (sie sagte noch, bis Frankfurt geht's, dann zieht es sich) und war nach 14 Stunden da. Ich hingegen fuhr 2 Stunden Auto, 18 Stunden mit dem Zug, 2 Stunden mit dem Flieger und nochmal 1 Stunde mit dem Auto. So viel dazu.

In Namibia angekommen gab es natürlich eine freudige Begrüßung und wir besichtigten alle zusammen die Farm Okuje. Unter den Reisenden befand sich auch ein Professor der Pathologie, das wusste ich damals jedoch noch nicht. Irgendwann reisten wir alle wieder ab und die elendige Juppelei zurück nach Südafrika schaffte ich auch irgendwie.

Viele Jahre später, ich war nach dem Unfall wieder Zuhause, fand ein Treffen dieser Reisegruppe bei meinen Eltern statt. Es gab Raclettekäse vorm Kamin, da war ich natürlich dabei.

Der Pathologe war ebenfalls da und bot mir einen Job an. Praktisch veranlagte Leute wie mich könne er gut gebrauchen. So fing ich in der Pathologie an, zunächst im Labor.

Das Institut war in einem alten Gemäuer untergebracht und zur Ausstattung gehörte ein Gewölbekeller. Dort wurden in riesigen Regalen die kuriosesten menschlichen Absonderlichkeiten aufbewahrt. Der gesamte Gewölbekeller wurde lediglich durch eine sparsame 40 Watt Glühbirne erhellt, denn mein Chef war sparsamer Schwabe durch und durch. Kein Problem, wenn ihr Euch das wie in einem Horrorfilm vorstellt, denn es war exakt so!

Für die Arbeit im Labor brauchten wir öfter Alkohol und Chloroform. Alkohol wurde dabei für Sputum benötigt – zu Deutsch: Rotz! Vor Arbeiten damit habe ich mich stets erfolgreich gedrückt. Rotz und Fußnägel gehen bei mir gar nicht, da stecke ich lieber bis zur Schulter in einer Kuh.

Also, wer geht runter und holt Alkohol? Ja, ich natürlich auf keinen Fall, ich hatte schließlich ein kaputtes Knie.

Als die Auserkorene losmarschierte, rief ich ihr noch zu, sie solle bei der Gelegenheit gleich Chloroform mitbringen. Prima, dachte ich, die kriegt zur Belohnung einen schönen Kaffee gekocht.

Nur … sie kam nicht wieder!

Also wurde die nächste in den Keller geschickt, weigerte sich aber, alleine zu gehen. Damit war ich mit dran, wir gingen zu zweit runter. Es war unbeschreiblich gruselig, schlimmer als im Film, denn die Glühbirne flackerte irgendwie besonders hämisch. Wir liefen durch Regalreihen, bepackt mit zahlreichen Gläsern, in denen abnorme Föten, abartige Tumore und sonstige Gruseleien ihr Dasein fristeten.

Schließlich fanden wir die Gute vor dem Chloroform-Kanister. Sie hatte vergessen sich die Maske aufzusetzen und war nach dem Einatmen des Chloroforms weggesackt. Wir zogen sie zu den Regalen und als sie wieder zu sich kam, schafften wir sie zurück ins Labor, wo sie sich schnell wieder erholte.

Heutzutage wäre so etwas undenkbar, in den 80er Jahren nahm man das alles jedoch weniger genau. Alles war wieder gut, wir tranken starken Kaffee.

Meinen Pathologenchef lernte ich im braunen Anzug kennen und sah ihn nie in etwas anderem! Ich fragte mich, ob der Anzug nicht irgendwann stinken würde und in die Reinigung müsse. Gespannt wie ein Flitzbogen wartete ich darauf. Ich wartete jahrein, jahraus – ohne Ergebnis.

Irgendwann erzählte mir seine Frau ganz stolz, in besagtem Anzug würde er so gut aussehen der würde so gut an ihm sitzen, dass sie clever genug gewesen sei, gleich sechsmal das gleiche Modell zu kaufen. Wie bitte? Was?

Zum Schluss noch eine ganz kleine Geschichte, die mir der Professor persönlich erzählte: Er war auf einer Reise und wollte mit einer kliztekleinen Fähre irgendwo übersetzen. Er war jedoch sehr spät dran, was für ihn vollkommen untypisch war. Also lief er zum Kai, sah die Fähre – oh Gott, oh Gott, man war im Begriff abzulegen, ohne ihn! Nachdem er rücksichtslos alle Passanten auf dem Steg umgerannt hatte, warf er zuerst seinen Koffer (gefüllt mit braunen Anzügen) auf das Deck der kleinen Fähre und sich dann gleich hinterher. Die Menschen auf der Fähre beobachteten gespannt die Akrobatik.

In letzter Sekunde gelang es ihm, die Reling zu greifen und sich wild strampelnd hoch zu hangeln. Stolz stellte er fest, dass er dabei nicht seine braunen Schuhe verlor.

Da stand er nun auf der kleinen Fähre und freute sich ganz dolle.

Dann legte die Fähre **an**.

Der Onkel in Paris

Onkel Dieter sang im Spee-Chor. Er konnte zwar keine Noten lesen, aber sein Tenor war zum Niederknien.

Eines Tages hatte der Chor einen Auftritt in Paris. Dieter musste sich vor der Abreise noch um seine Tiere kümmern und natürlich auch schnell „was räumen", aber dann konnte es losgehen.

Erst in Paris bemerkte er, dass er zwei verschiedene Schuhe trug. Einer war schwarz und flach, der andere war braun und hoch. Verzweifelt durchsuchte er erfolglos sein Köfferchen: es war kein weiterer Schuh in Sicht. Aber das weiße Hemd, das er schon trug, war noch sauber, die schwarze Jacke relativ frei von Tierhaaren. Die silberne Krawatte, die er von meinem Opa mütterlicherseits erbte, war fein säuberlich gerollt und wartete in seiner Anzugstasche auf ihren Auftritt. Alles in allem also ganz prima, die unterschiedlichen Schuhe fielen da doch wohl kaum auf.

Mit der Metro wollte der Chor zum Spielort fahren. Dort sollte erst einmal geprobt werden. Der Onkel verpasste den Anschluss, sowohl zum Chor als auch zur Metro. Er hatte keinen blassen Schimmer, was er nun tun sollte, und lief zu Fuß munter darauf los. Französisch sprach er kein Wort. Dann fing es zu allem Überfluss an zu regnen.

Er stellte sich unter eine Brücke. Dort saß ein Clochard mit einer großen Flasche „Penner-Glück".

Der Clochard musterte meinen Onkel von oben bis unten. Schwarzer Anzug, weißes Hemd, Hemdkragen offen. Sein Blick blieb abschließend an den Schuhen haften. Er bot Dieter Rotwein an.

Der Onkel rief „Momom!" (das war sein Französisch), lief in den nächsten Supermarkt und kehrte bewaffnet mit einer weiteren Flasche Rotwein, einem Baguette und einem großen Stück Käse zur Brücke zurück, setzte sich zu dem Clochard an die Seine.

Dieter sagte mehrfach „Vielen Merci!" (auch sein ganz eigenes Französisch) und die beiden hatten eine wunderschöne Zeit, aßen, tranken und lachten viel.

Als es langsam dunkel wurde, dackelte mein guter Onkel zurück zur Metro und traf dort tatsächlich seinen Chor wieder. „Jetzt aber schnell, der Auftritt startet um 21.00 Uhr, und sieh zu, dass Du nicht wieder verloren gehst. Deine Stimme wird gebraucht!"

„Jawoll, Chef", säuselte der Dieter.

Es wurde festgestellt, dass sich auf dem weißen Hemd mittlerweile ein beträchtlicher Rotweinfleck befand. „Bitte hol Dein Ersatzhemd, so kannst Du nicht auftreten".

Aber Dieter hatte kein Ersatzhemd. Er schaute erneut in sein Köfferchen, nutzte nichts, kein Hemd. Dann grinste er breit, er habe doch die schöne Krawatte vom Opa, die würde den Weinfleck schon überdecken. Stolz zog er die Krawatte aus der Anzugtasche.

Leider lebte die Krawatte zusammen mit einem schwarzen Filzschreiber in besagter Anzugtasche. Der Filzschreiber beklagte, der Onkel habe bereits vor geraumer Zeit die Kappe verschludert und so war die Krawatte nun übersät mit schwarzen Flecken.

Oh Dieter, oh Dieter. Hektik kam auf. „Wer hat noch ein weißes Ersatzhemd?"

„Ich, Ich, Ich!" war aus vielen Mündern zu hören, aber keins der Hemden passte dem Onkel.

Am Schluss wurde nicht lange gefackelt. Alle Männer aus dem Chor mussten das nächstkleinere Hemd des Kollegen anziehen, bis am Ende das größte Hemd für Onkel Dieter zur Verfügung stand.

Es spannte fürchterlich und es ließen sich nur die vier oberen Knöpfe schließen. Tröstlich war, dass es allen so ging. Nun blieb nur noch sich so aufzustellen, dass weder Schuhe noch Bauchnabel zu sehen waren, und es konnte gesungen werden.

Knie und Prostata

Mein Knie war kaputt, wie eigentlich immer, aber nun sollte ich auch zudem eine Orthese tragen. Gefühlt jeder sprach mich darauf leider an. Davon hatte ich recht schnell die Schnauze voll und ließ die Schiene mit den Worten „Nicht fragen!" bedrucken.

Meine Hündin Pitu war es gelungen, sich einen Ast ins Auge zu rammen, daher musste ich mit ihr zu einem speziellen Tierarzt nach Dortmund. Der Termin war um 15 Uhr, also hatte ich genügend Zeit, meine Erledigungen zu machen. Dachte ich.

Ich fuhr in den „Marler Stern", ein Einkaufszentrum. Als erstes war da die Post angesagt. Ich stand kaum brav in der Reihe, da hieß es schon: „Wat haben Sie denn an Ihrem Knie?" Hm, dachte ich, der Aufdruck ist quietschegelb, den müsste man doch gut sehen können?

Danach wollte ich zum Optiker, meine Brille abholen. Auf dem Weg dorthin wurde ich von Zeitungsleuten angehalten. Neee, die wollten mir gar kein Abo verkaufen, die wollten lediglich wissen, was mit meinem Knie sei.

Zur Rolltreppe ging es, denn laufen konnte ich nicht wirklich gut. Hinter mir stieß mich einer in den Rücken und fragte, was denn mit meinem Knie passiert sei.

Beim Optiker fragte man mich: „Ach, um Himmels Willen, was ist denn mit dem Knie passiert?" Ich war absolut genervt.

In der Tierarztpraxis saß ich dann endlich mit Pitu und meiner genervten Laune im überfüllten Wartezimmer. Man teilte mir auf Anfrage im Empfang mit, ich hätte zwar durchaus einen Termin, aber hier ginge es dennoch der Reihe nach. Da saß ich also, 10 ruhige Minuten lang. Dann tönte von Gegenüber die Stimme eines älteren Herrn: „Was ist eigentlich mit Ihrem Knie?"

Ich betrachtete ihn streng und fragte: „Wer lesen kann ist klar im Vorteil. Was steht denn da auf meinem Knie?" Er entgegnete: „Nicht fragen." Ich nickte: „Gut erkannt!" Er sah mich fragend an: „Ja, und was ist das jetzt mit Ihrem Knie?"

Einige aus dem Wartezimmer legten nun gespannt ihre Zeitschriften nieder und konzentrierten sich auf den Dialog. Ich gab keine Antwort. Er fuhr fort: „Also mein Nachbar der Kurt, der hat sich ein neues Knie machen lassen. In Bochum. Im Bergmannsheil. Und danach ist er mit seinem neuen Knie nach Hohensyburg zur Reha. Der läuft wieder topp" Ich nickte.

Er weiter: „Wat issen jetzt mit Ihrem Knie? Kriegen Sie denn kein neues?"

So, es reichte mir! Ich fragte ihn säuselnd: „Sagen Sie mal, wie gehts eigentlich Ihrer Prostata? Klappt das noch mit dem Pinkeln oder müssen Sie ständig nachts raus?"

Jetzt waren endgültig alle Zeitschriften niedergelegt, alle Augen und Ohren auf uns gerichtet. Entgeistert starrte er mich an: „Wie? Wieso?"

Ich: „Ja, weil mein Nachbar, der Gottfried, der hat die sich neulich abhobeln lassen. Im Marienhospital. Der pinkelt jetzt wieder wie ein junger Kerl!"

Die Leutchen haben sich gekugelt vor Lachen, mein Gegenüber war sichtlich berührt, die Tierarzthelferin rief „der Nächste, bitte!", aber keiner hörte hin. Pitu und ich nutzen die Chance und gingen ins Sprechzimmer.

Ein Urlaubstag in Holland

Wir wollten einige Jahre nach unserer Hochzeit das erste Mal in Urlaub fahren. Nach Holland sollte es gehen und die Aufregung war riesengroß.

Für teures Geld mieteten wir uns ein kleines schickes Häuschen, da durften auch die Hunde mit. Ach wie schön, mitten im Januar Urlaub an der See.

Zuerst kamen die Hunde Mischa und Mocca ins Auto, drumherum wurde alles weitere gepackt. Wir fuhren los!

Das gemietete Haus übertraf unsere Erwartungen, so geschmackvoll eingerichtet. Aber die hellen Teppiche rollten wir zusammen, die waren mit Sicherheit gefährdet. Dafür legten wir den Boden mit Handtüchern und Hundedecken aus, eine gute Idee, wir hatten ja Fußbodenheizung. und die Hunde konnten überall schön warm liegen. Alles passte perfekt, die Freude war groß!

Und nun schildere ich einen Urlaubstag, wie er eigentlich nur bei uns sein kann: Der Morgen begrüßte uns mit einem Hundeschiss im Haus. Dünn. Vor dem ersten Kaffee.

Nachdem wir die Beseitigung abgeschlossen hatten, uns ordentlich darüber freuten, die hellen Teppiche vorher bereits in Sicherheit gebracht zu haben, schien die Sonne und wir sind daher freudig mit den Kötern an den Strand gegangen.

Dort angekommen fing es pünktlich an zu winden und zu regnen. Dadurch waren wir ziemlich allein an dem weitläufigen Sandstrand und konnten beide Hunde frei laufen lassen.

Aus dem Nichts kam ein kleiner, fremder Fiffi angaloppiert und unsere große Mocca geriet sofort absolut in Panik. Sie sprang ins Meer, machte sich hektisch schwimmend auf den Weg Richtung England. Der Fiffi hinterher. Blankes Entsetzen.

Ich wollte meinen Mann Harald hinterherschicken. „Bist Du bekloppt?", schrie er mich an. Dann wollte ich hinterher: „Bist Du bekloppt?!"

Fiffi kam irgendwann zurück und ließ sich dafür von Frauchen loben und abtrocknen. Von Mocca hingegen war nur ein kleiner Punkt am Horizont zu erkennen.

Ich brüllte, ich heulte und war total verzweifelt. Wir haben diesen Hund aus einem rumänischen Tierheim gerettet, nachdem sie dort vier Jahre in einem kleinen Käfig ihr Leben fristete. Nun fuhren wir mit ihr einmal in den Urlaub und sie musste ertrinken.

Ich war außer mir und mein Harald hielt mich mit Mühe davon ab, auch in die kalte See zu springen.

Mocca schwamm und langsam verließen sie die Kräfte. Doch dann hat sie anscheinend noch geradeso kapiert, dass sie gar kein Englisch kann, also was sollte sie dann in England? Sie kam zurück, total erschöpft. Oh man, waren wir glücklich.

Der Strand füllte sich jetzt zunehmend. Da war anscheinend irgendein besonderes Ereignis, ganz Holland kam nun an den Strand.

Mischa lief derweil zum einzig geöffneten und vollbesetzten Strandrestaurant. Suchte sich die Fensterreihe aus…

…und schiss!

Anschließend kümmerte er sich noch ausgiebig um seine „Männer-Pistole" und positionierte sich so, dass auch alle Restaurantbesucher alles genau mit ansehen konnten. Die saßen vor ihrem Schnitzel mit Pommes und waren entsetzt. Wir taten hingegen so, als ob wir diesen Hund nicht kennen.

Wir sammelten ihn erst auf dem Parkplatz wieder ein, als kein Mensch mehr da war. Soweit so gar nicht gut.

Wir sind mit dem leeren Mischa und der mit Meerwasser vollgelaufenen Mocca erstmal zurück in unser Quartier und haben eine Pause gemacht.

Vor dem Essen wollten die Tiere noch einmal raus. Nein, wir fahren nicht wieder an den Strand auf gar keinen Fall! Wir gehen hier mal eben um die Ecke. Gesagt, getan und wir gingen auf einem Fahrradweg direkt an einer Gracht entlang mit den Hunden spazieren. Mein Harald marschierte mit Mischa schnellen Schrittes voran, ich dackelte mit Mocca hinterher.

Ja, und dann kam es. Ein riesiges Ufo, hell und grell beleuchtet vorne, hinten, oben und seitlich, raste auf uns zu. Mocca geriet in Panik und ich gleich mit.

Die Gracht zierte ein hübscher grüner Algenteppich, Mocca dachte wohl, das sei Rasen. Dorthin ging es steil bergab.

Der Mann brüllte: „Da kommt ein Auto!" Wie? Ein Auto? Meine Äugelchen erkannten erst in diesem letzten Moment, dass das Ufo ein extrem großer SUV war.

Mocca zog mich in ihrer Panik den Abhang runter. Sie dachte ja, wie gesagt, der Algenteppich sei Rasen. Also fand ich mich im Handumdrehen bäuchlings am Hang liegend wieder. Ich klammerte mich verzweifelt mit einer Hand am oberen Rand des Abhangs fest. Über die ist der Doofkopp in seinem SUV fast drübergefahren!

Es war wirklich knapp und als er, natürlich nicht ohne zu hupen, verschwunden war, konnten wir den Hang wieder hoch krabbeln. Ich sah aus wie Sau, Mocca zitterte. Wir waren alle bedient.

Gegen Abend bekam ich ganz dolle Hunger, also war Essen gehen angesagt, das musste doch wirklich drin sein nach so einem Tag. Die Vorfreude war groß!

Aber das Auto ließ sich nicht öffnen. Die Zentralverriegelung war verreckt. Mein Mann tobte. Musste er doch deshalb nun durch den mit Sand und Hundehaaren versifften Kofferraum zum Vordersitz robben. Ich habe ihn immerhin dabei kräftig angefeuert.

Wir hatten ein orientalisches Restaurant ausgeschaut, das Auto blieb wegen der gestörten Zentralverriegelung nun eben offen in einer Seitenstraße stehen.

Ich habe mir geröstetes Gemüse mit Rindfleisch bestellt, OHNE Paprika, da ich darauf allergisch reagiere. Es kam jedoch ein sehr übersichtliches Tellerchen, mit viel Paprika und wenig Fleisch bei mir an. Ja, ja, ja, hätte ich zurückgehen lassen können, aber ich wollte nicht, dass der Koch den Paprika rauspopelt. So konnte den wenigstens der Mann essen.

Zurück im Ferienhaus (die Schrottkarre hatte leider zwischenzeitlich keiner geklaut), habe ich mir erst einmal etwas zu essen gemacht, da ich natürlich immer noch hungrig war. Und dazu einen Wein geöffnet, denn den hatte ich mir nun wirklich verdient!

Vorher wollte ich aber eine rauchen und bin raus vor die Tür, diese fiel umgehend ins Schloss. Draußen fisselte es bei 2 Grad und war echt nicht gemütlich. Nach der Kippe klopfte ich. Keine Reaktion.

Danach klingelte ich. Keine Reaktion.

Dann klingelte, klopfte und brüllte ich. Eine Reaktion zumindest: Beide Hunde standen wedelnd und schnüffelnd vor der Tür und warteten auf Frauchen. Harald schaute mit Kopfhörer Fernsehen. Ich war hingegen inzwischen bis auf die Knochen durchgeweicht.

Als mein Mann sich nach einer gefühlten Ewigkeit ein Leckerchen holen wollte, hörte er mich endlich und öffnete die Tür: „Wie siehst Du denn aus? Es regnet, warum stehst Du vor der Tür? Komm schnell rein, Du bist ja schon ganz nass". Schweigend stapfte ich ins Haus. Die Hunde freuten sich, rollten sich auf ihren Decken zusammen und schliefen umgehend ein.

Ohne Worte griff ich zum Glas. Ohne Worte griff ich zur Flasche. Ohne Worte saß ich am Laptop und wollte diesen unglaublichen Tag gerade aufschreiben.

Ohne Ankündigung fiel das volle Glas Rotwein um und legte den Laptop umgehend lahm.

Ich schenkte mir noch ein Glas ein, trank es stehend und rauchend im Türrahmen des Ferienhauses. Danach ging ich ins Bett und schlief sofort ein.

Der nächste Morgen begann …

… mit einem Hundeschiss.

Die toten Orthopäden

Davon habe ich schon eine ganze Reihe verschlissen. Oft starben sie, bevor meine Behandlung endete.

Der erste in Namibia, es war der Arzt, der als Gast aus Südafrika zur Vertretung kam – er hat sich erschossen.

Der zweite, in Trier ansässig, ein wirklich fähiger Arzt – er hat sich erschossen.

Sein Nachfolger ebenfalls aus Trier – hat sich das Leben genommen. Ob er sich auch erschossen hat, erfuhr ich nicht.

Der Orthopäde aus Koblenz – tot.

Der nächste (ich mochte ihn nicht besonders und fand ihn weniger kompetent) kam durch einen Autounfall ums Leben.

Mein neuer Orthopäde weiß von alledem nichts und ich hoffe sehr, er wird es auch nicht erfahren. Möge er noch ein paar Jährchen leben.

Danksagung

Von ganzem Herzen danke ich Harald, Annika, Carmen, Christina und meinen Freunden für ihre tatkräftige Unterstützung. Ohne diese Menschen hätte ich mich nie getraut, dieses Buch zu schreiben und hätte es darüber hinaus rein technisch nicht geschafft.

Mein Dank gilt auch Christian, der sich liebevoll um das Cover gekümmert hat.

Ganz besonders dankbar bin ich Onkel Dieter, der mein Leben so bereicherte und mir diese Geschichten und dazu alle Zeichnungen in diesem Buch hinterließ.

Die Autorin

Karin Bröcker-Wagner, 1964 in der wilden Eifel geboren. Ihr Leben führte sie in viele Länder dieser Erde. Besonders ein langer Aufenthalt in Afrika prägte sie nachhaltig.

So er- und überlebte sie Unglaubliches, um 2015 voller kreativer Ideen und um einige Lebenserfahrungen reicher, zu ihren Wurzeln zurückzukehren.

Nun lebt sie mit ihrem Mann und etlichen Tieren auf einem riesigen Grundstück in dem abenteuerlichen Haus von ihrem Onkel Dieter

Neugierig geworden?

Es geht bald weiter!